O ALIENISTA

O ALIENISTA

MACHADO DE ASSIS

PREFÁCIO
Roberto Gomes

EDITORA
NOVA
FRONTEIRA

Direitos de edição da obra em língua portuguesa no Brasil adquiridos pela Editora Nova Fronteira Participações S.A. Todos os direitos reservados. Nenhuma parte desta obra pode ser apropriada e estocada em sistema de banco de dados ou processo similar, em qualquer forma ou meio, seja eletrônico, de fotocópia, gravação etc., sem a permissão do detentor do copirraite.

Editora Nova Fronteira Participações S.A.
Rua Candelária, 60 — 7.º andar — Centro — 20091-020
Rio de Janeiro — RJ — Brasil
Tel.: (21) 3882-8200

Imagem de capa: *Experiments in physiology. Facial expressions*. Guillaume Benjamin Amand Duchenne de Boulogne.

Dados Internacionais de Catalogação na Publicação (CIP)

A848a	Assis, Machado de
	O Alienista/ Machado de Assis; prefácio de Roberto Gomes.– [Edição especial] – Rio de Janeiro: Nova Fronteira, 2023. 96 p.; 12,5 x 18cm (Clássicos para Todos)
	ISBN: 978-65-5640-639-8
	1. Literatura brasileira. I. Título.
	CDD: 869.3 CDU: 821.134.3 (81)

André Queiroz – CRB-4/2242

Conheça outros
livros da editora:

Sumário

O Alienista: loucura, poder e ciência 7
    Um século 10
    Literatura e verdade 11
    A loucura e a verdade 12
    A parábola do texto 14
    A produção da loucura 15
    A loucura do século 16
    O poder da ciência 18
    A disciplina do corpo 20
    O corpo da disciplina 23
    "A ciência é coisa séria" 26
    Referências bibliográficas 29

I — De como Itaguaí ganhou uma casa de orates 31
II — Torrente de loucos 35
III — Deus sabe o que faz! 39
IV — Uma nova teoria 42
V — O terror 46
VI — A rebelião 57
VII — O inesperado 63
VIII — As angústias do boticário 67
IX — Dois lindos casos 69
X — A restauração 72
XI — O assombro de Itaguaí 76
XII — O final do § 4º 78
XIII — *Plus ultra!* 84

Nota 91
Sobre o autor 93

O Alienista: loucura, poder e ciência[1]

Roberto Gomes[2]

A imagem vivaz do gênio

Não percamos a imagem preciosa:

> *Crispim Soares, ao tornar à casa, trazia os olhos entre as duas orelhas da besta em que vinha montado; Simão Bacamarte alongava os seus pelo horizonte adiante, deixando ao cavalo a responsabilidade do regresso. Imagem vivaz do gênio e do vulgo! Um fita o presente, com todas as suas lágrimas e saudades, outro devassa o futuro com todas as suas auroras.*[39]

Imagem vivaz do alienista. Simão Bacamarte surge como um moderno cavaleiro andante da ciência. Desbravador, sua vida é feita de rupturas e separações que fariam o vulgo sofrer — mas dela as lágrimas e saudades foram banidas. Nada o comove exceto a ciência. Goza apenas das alegrias reservadas a um sábio e sobrevive num mundo dividido. O presente e o futuro. A besta e o gênio. O sábio e o vulgo. A razão e o sentimento.

Afastou-se da corte e das missões que lhe oferece el-rei e descobriu que a ciência é seu único emprego e, Itaguaí, seu universo. Não terá filhos — a infertilidade, é óbvio, será de imediato atribuída à sua mulher —, o que não o abala. A ciência é seu lenitivo e entrega-se à tarefa de estudar a patologia mental, a ocupação mais digna de um médico.

---

[1] Este texto se origina de uma palestra proferida no dia 27 de abril de 1983, durante o Ciclo de Palestras Loucura e Verdade, organizado pela Clínica Quarta Vila, em Curitiba, Paraná. Para evitar repetições, as citações são acompanhadas pelo número de página desta edição de *O Alienista*.

[2] Escritor e Professor de Filosofia da Universidade Federal do Paraná.

Estudará a loucura, classificará seus tipos — e é certo que descobrirá suas causas e o remédio universal. Funda seu continente: a loucura. A recorrência insistente a metáforas geográficas (universo, continente, limites, ilha, oceano) delimita seu campo de luta e sua obsessão: em que lugar poderá desvendar o último segredo da perturbação da mente humana?

> *A loucura* — ele descobre, ao despedir-se de d.Evarista, que viaja ao Rio —, *objeto de meus estudos, era até agora uma ilha perdida no oceano da razão; começo a suspeitar que é um continente.*[41]

Os horizontes do Alienista se ampliam. O espírito humano é uma concha e, nela, habita uma pérola, a razão. Cumpre abrir a concha, submetê-la ao rigor da ciência, extrair a pérola. Nesse continente a ser conquistado é preciso evitar toda imprecisão, toda delicadeza de distinções: só há um caminho possível, a delimitação exata, científica, dos limites que separam razão e loucura. E a concha se abre (ou não, pois a ciência é uma investigação constante): a saúde mental deve ser entendida como o "perfeito equilíbrio de todas as faculdades; fora daí insânia, insânia, e só insânia".[42]

Cavaleiro andante e desbravador, tomado de "volúpia científica", Simão Bacamarte segue de olhos postos no horizonte: "A ciência é a ciência", afirma, assumindo seus direitos de homem raro, colocado acima do bem e do mal — não dará explicações de seus atos a seres vulgares. A Casa Verde é um templo e ele o sacerdote: só Deus e os mestres sabem melhor. As críticas a seus atos procedem do vulgo, do presente e do imediato — seu discurso desqualifica os que querem ver nele um delirante, um homem que, por ter estudado demais, perdeu o juízo. De resto, tais críticas só evidenciam o desequilíbrio mental de seus opositores. A ciência, que vive em seu espírito e em cada detalhe de seu corpo, assegura suas imunidades.

Homem de ciência, não hesitará em trancafiar a própria mulher na Casa Verde. O que lhe sugere uma nova teoria: considerando que havia falhas em suas concepções anteriores, decreta o inverso do que pregara até então — o que não abala sua fé na ciência, antes a reforça, pois ela é investigação constante. A razão, conclui, é o desequilíbrio. Mudada a norma, 4/5 da população de Itaguaí deixam de ser formados por loucos e são liberados da Casa Verde. Resta agora procurar no quinto restante os verdadeiros insanos: os equilibrados. Tarefa na qual avança destemido, como sempre, "virgulando as falas de um olhar que metia medo aos mais heroicos". [40]

A ciência não fracassa jamais. A nova teoria também se revela falsa, mas uma novíssima teoria se avizinha. A rigor só há um louco em Itaguaí, uma vez que só um entre os habitantes desse continente pode ser tido como perfeitamente equilibrado, sem defeitos ou vícios: ele próprio. E Bacamarte mergulha mais além em busca da última verdade.

Nem rogos nem sugestões nem lágrimas o detiveram um só instante.

— A questão é científica — dizia ele —; trata-se de uma doutrina nova, cujo primeiro exemplo sou eu. Reúno em mim mesmo a teoria e a prática.[86]

Tratando-se de questão científica, não dá ouvidos a sentimentos miúdos, coisas do vulgo — "com os olhos acesos da convicção científica, trancou os ouvidos à saudade da mulher" — e trancafia-se na Casa Verde, inteiramente voltado para o estudo e a cura de si mesmo.

História comovente: cego a seus próprios destroços, o caminhante segue em frente. O cavaleiro andante preserva sua imagem: olhos postos no futuro onde, celebrante e seguidor da ciência, pensa conquistar o paraíso da razão.

Dezessete meses depois, segundo cronistas da época, ali seria encontrado morto:

No mesmo estado em que entrou, sem ter podido alcançar nada.[86]

Um século

Originalmente publicado entre 1881 e 1882, *O Alienista* faz parte da coletânea *Papéis avulsos*, editada em 1882.

As datas desta obra já centenária nos colocam nos limites de um século que se assumiu cientificista e nos arredores de modificações substanciais na vida brasileira: estão no ar os ideais republicanos e o positivismo é um caldo no qual todos parecem imersos. Nem todos, é claro. Machado não está entre eles: o olhar cético não o abandona.

Um século seria tempo suficiente para corroer uma obra. Mas não é o caso. Em *O Alienista* talvez seja legítimo descobrir um tratamento inédito e quase profético da questão da loucura, já que as ligações entre poder, ciência e loucura só virão a ser debatidas explicitamente na década de 1960. Privilegiando a análise da loucura como momento de eclosão do pensamento de uma época, Machado realiza dela um desvelamento que incide sobre um ângulo decisivo da questão: sua face política. Ou seja: interessa a Machado o jogo de forças que se defrontam em torno da normatização (toda a tragédia de Bacamarte oscila entre os diversos critérios de normalidade que busca colocar em prática) posta em andamento pela ciência, que se imaginava tão nobre e imparcial. Assim, a fala da medicina psiquiátrica é tratada como exercício de poder: o que autoriza Bacamarte a agir "virgulando as falas de um olhar que metia medo aos mais heroicos". [40]

O alienista não se debate apenas nos confrontos internos do discurso da loucura (a busca dos critérios, a exigência de rigor, as classificações, o bloqueio das emoções, o messianismo civilizatório da ciência). Sua vigilância científica desencadeia um poder que altera a vida da comunidade de Itaguaí. Nesse sentido, Machado realiza obra contemporânea: uma investigação de natureza política em torno do poder da ciência.

Literatura e verdade

Mas *O Alienista* é, antes de mais nada, uma obra de ficção — e como tal deve ser tratada. Não é um ensaio, não defende teses. Seu relacionamento com a verdade, por mais incisivo, é de outra ordem. Se há uma verdade para a literatura, esta não reside na organização lógica dos juízos, em sua organização formal ou referência material à realidade. Para a literatura, a verdade é uma questão vital na medida em que gera narrativas: seus episódios, peripécias, fazendo-se carne e ossos dos personagens. Não há em literatura demonstração discursiva possível, a não ser quando se amesquinha em ser mera transcrição linear do real, tido por imediatamente evidente. Não é o caso, porém. Obras desse tipo não sobrevivem a um século.

A ciência, ao contrário, vive de momentos, palavras, regras e instrumentos que imagina propícios à verdade — seus rituais de produção: o laboratório, os conceitos, as definições, as demonstrações. E vive também dos lugares de privilégio onde são buscadas as verdades: o hospital, o hospício, a academia, a escola etc.

Já um escritor trabalha a partir de coisas mínimas. Às vezes um gesto, uma frase, pequena situação, uma palavra. Um robe de chambre, por exemplo. Ou um par de sapatos. Trata-se de descobrir quem disse tal frase, fez tal gesto, encontrou-se em tal situação. E imaginar então em que circunstâncias esse conjunto de forças pode ser levado a seu limite. A arte da ficção cria um texto cuja alta concentração de energias permite a eclosão de uma verdade.

Em outras palavras: o que chamamos de real — cujo sentido só acontece diante de nosso olhar —, é, ao final das contas, aquilo sobre o que admitimos nada saber. Seria esse conjunto informe, caótico, suposto por detrás do que vemos. Diante dele, a literatura — e isso tem em comum com a ciência — irá criar um mundo unitário, organizado, necessário. Ainda que seja para demonstrar o caos. Acatando a advertência de Tchecov, poderíamos dizer que, se há um punhal em cena, ele será usado. Não necessariamente para matar. Usado ficcionalmente, ou seja: para significar.

Assim, a literatura lida com situações-limite, ou situações-síntese — núcleos narrativos capazes de detonar a eclosão da verdade. Seja a verdade de uma paixão adolescente, em *Uns braços*, a verdade da morte, em *Memórias póstumas de Brás Cubas*, ou a verdade da loucura, em *O Alienista*.

A loucura e a verdade

Cabe perguntar: que verdade interessa a Machado de Assis em *O Alienista?* Ou, dizendo de uma maneira mais rigorosa: que verdade — eliminada a referência ao autor — está em questão no texto *O Alienista?*

A resposta parece ser simples: trata-se da verdade a respeito da loucura, sendo a loucura uma das situações-limite que — no Quixote, por exemplo, — têm sido exploradas com muita frequência em termos ficcionais. Na literatura se preserva a convicção de que uma das maneiras privilegiadas de se produzir a verdade seja enlouquecendo o personagem, o que remonta a uma época em que ao louco se concedia o direito à fala. Ideia generosa, é claro, que retoma a velha tradição literária daquilo que Michel Foucault chamou de "percepção trágica da loucura" — a qual o século XVII se ocupou em soterrar — e que respeita o vínculo entre loucura e verdade. Se os espaços para a verdade estão bloqueados, resta um recurso: enlouquecer. Com isso deixaríamos de estar aprisionados às limitações que a saúde mental impõe ao comum dos mortais, possibilitando um discurso capaz de romper com as conveniências da normalidade: a hipocrisia e o medo. Dessa forma, é preciso que o Quixote enlouqueça — e é preciso que Simão Bacamarte caia sob a mesma situação-limite.

Mas permanece uma questão: do que se fala, em *O Alienista* quando se fala da loucura? E a quem pertence essa loucura?

Não é de loucura que se fala, certamente. Machado não lança sobre a loucura nenhum olhar de inspeção ou análise. Também não fala da loucura como conceito ou comportamento, nem como entidade ou estado. Não há nessa novela qualquer preocupação com algo que pudesse ser definido como loucura, por mais que isso seja uma preocupação constante em Bacamarte. A rigor, ainda que ele enlouqueça — e ainda que a partir de dado momento haja uma "torrente de loucos" em Itaguaí —, a questão da loucura não se coloca. Ou seja: não se coloca tal como surge aos olhos do alienista. Temos dois recortes possíveis: em primeiro lugar, a obsessão permanente do psiquiatra em aprisionar o germe da loucura. Diz ele:

> *O principal nesta minha obra da Casa Verde é estudar profundamente a loucura, os seus diversos graus, classificar-lhe os casos, descobrir enfim a causa do fenômeno e o remédio universal.*[33]

Armado do instrumental da ciência de seu tempo — em poucas palavras está retratada a nosografia da época —, Simão Bacamarte mergulha numa viagem sem retorno em busca da norma que possa estabelecer com rigor os limites entre a razão e a loucura. Essa a verdade do alienista, sua paixão.

Segundo recorte: não é essa a verdade buscada pelo texto ficcional de Machado de Assis — menos ainda a verdade que irá eclodir ao seu final. Por mais que o alienista seja capaz de produzir verdades a respeito da loucura, o texto não está interessado em contestá-las, discuti-las, colocando-as abaixo ou acima de quaisquer outras que possam servir de parâmetro para analisá-las. Ou seja, no lugar do projeto enlouquecido de Simão Bacamarte, Machado não deseja colocar coisa alguma — talvez porque isso seria fazer o mesmo que o alienista. Machado quer, isso sim, puxar o tapete sobre o qual repousa todo esse delírio, revelando seu fundamento: o próprio empreendimento normatizador. Limita-se, portanto, a narrar as proporções de um grande desastre. Não se trata de decidir entre esta ou aquela concepção da loucura. Trata-se de corroer as bases do projeto psiquiátrico.

A parábola do texto

Assim, não se fala da loucura ou dos loucos, por mais que o alienista tente fazê-los atuar. De resto, os loucos e sua loucura são uma presença apaziguadora e até cômica ao longo do texto. Fala-se, isso sim, desse homem e de seu discurso, que é capaz de produzir a loucura.

Pois é esta a parábola descrita pelo texto: no início da narrativa, não há loucos em Itaguaí, cidade que tinha o "ruim costume", segundo o alienista, "de não fazer caso dos dementes". Estes, quando mansos, andavam à solta e, quando furiosos, ficavam trancafiados em casa. De resto, eram poucos e não criavam maiores problemas. Quer dizer: não havia loucos em Itaguaí, não havendo quem levantasse a questão científica da loucura.

É esse mau costume que o alienista deseja consertar, introduzindo a esquecida cidadezinha no século da ciência e da razão. Tão logo inicia sua empreitada, eis o que ocorre: uma verdadeira "torrente de loucos". Eles surgem de toda parte — monomaníacos, loucos por amor, vítimas de mania de grandeza. E, diante da perplexidade geral, simbolizada pelo espanto ingênuo do padre Lopes, a quantidade de loucos só faz aumentar na medida em que o alienista segue em seus estudos e amplia o poder de seus conceitos. No auge, 4/5 da população da cidade estão trancafiados dentro dos muros da Casa Verde.

Mas isso não é tudo. Seguindo o curso da parábola, e em função das novas descobertas que faz, Simão Bacamarte desiste de buscar o germe da loucura nos outros, voltando-se para si mesmo como objeto de investigação. "Reúno em mim mesmo a teoria e a prática", conclui ele, descobrindo-se sujeito e objeto da ciência nascente. Dessa forma, cessando a atividade produtiva da loucura por parte do alienista, já não há loucos em Itaguaí. Ou há um só.

Parábola em três tempos. Um: antes da intervenção do psiquiatra não existem loucos. Dois: sua ação desencadeia uma torrente de loucos. Três: saindo de cena o cientista, haverá no máximo um louco, ele próprio, que decide assim se constituir.

Não está em questão, portanto, a natureza da loucura ou de alguma teoria científica. O texto é claro: não há em Itaguaí loucura alguma, exceto a daquele que a produz.

A produção da loucura

Simão Bacamarte exerce a produção da loucura — e é isso que está em cena. Gera os loucos antes inexistentes, decreta normas que incluem ou excluem certos indivíduos do continente da loucura. Ao final se imagina o único capaz de sofrer e conhecer a loucura. Teoria e prática. Experiência e vida. Deixa de ser um simples gerador para transformar-se na encarnação da loucura: sua paixão, sua ação. Seu universo e seu emprego único. Sujeito e objeto.

Trata-se de um ardil, é claro. A ciência é investigação constante, ele repete. Esse homem não cede à loucura senão para melhor submetê-la ao domínio possível da ciência. Ardil enlouquecido, no entanto: atrai para si o malefício que irá afrontar. Quando todas as experiências falharam, quando todas as teorias foram refutadas, lança o último golpe — "*plus ultra!*", exclama — e se converte em sujeito e objeto, trancafiando-se em definitivo na Casa

Verde. Só assim o ideal científico de unificação entre sujeito e objeto poderá se realizar: Simão Bacamarte é a ciência e aquilo sobre o que a ciência falará. Realização vivaz e irônica da imagem positivista: estar à janela e ver-se passando na rua. Seu domínio, para nos referirmos a Foucault, subentende a "reduplicação transcendental". A loucura da ciência se revela por inteiro.

Estamos em pleno domínio do alienista, seu continente ilhado. Mas, além do delírio cientificista, encontramos no texto outro recorte mais radical a respeito do sonho de constante investigação científica: finalmente isolado — após trancafiar 4/5 da população *dentro* da Casa Verde —, ele termina por trancafiar o mundo *fora* da Casa Verde. E mergulha na última viagem, da qual não haverá retorno:

> *Fechada a porta da Casa Verde, entregou-se ao estudo e à cura de si mesmo. Dizem os cronistas que ele morreu dali a 17 meses, no mesmo estado em que entrou, sem ter podido alcançar nada.*[86]

O delírio racionalista da investigação constante conduz ao isolamento. A sede de uma explicação definitiva e universal conduz à morte. Simão Bacamarte morre "no mesmo estado em que entrou" e sem "alcançar nada". Em termos de parábola, absolutamente perfeito. Literariamente exato, redondo, definitivo. Nada sobra nesse final — e nada mais precisa ser dito.

A loucura do século

É claro que podemos investigar os caminhos que levaram a esse final desastroso. Por exemplo: o que movia esse produtor de loucura? Que impulso o lançava adiante? O que o tornava apto a produzir a "torrente de loucos"? No que se escudava para estar acima do bem e do mal, longe das mesquinharias miúdas em que o vulgo se perdia à sua volta? E mais: o que lhe concede privilégios e imunidades tais que o autorizam a trancafiar 4/5 da cidade e, ao final, trancafiar o mundo inteiro fora da Casa Verde, mergulhando no nada e mantendo de si a mesma "imagem vivaz" e triunfante do cientista que irá desvendar — *plus ultra!* — o último segredo da mente humana?

A loucura do alienista não é a loucura de Simão Bacamarte. Ele, que tem de si uma imagem de ser único e predestinado — acima do vulgo —, não é na verdade esse ser exclusivo que, na frente de batalha, luta como indivíduo raro em prol da felicidade dos povos. Simão Bacamarte enlouquece, é verdade. Em sua loucura está contido, desde o início, o final trágico. Mas não enlouquece sozinho e nem enlouquece a si mesmo. É enlouquecido. Ele, que tem uma visão deformada da própria liberdade de criar um mundo novo, está desde o início vivendo uma tragédia coletiva, esta sim, a raiz da loucura que interessa a Machado: a grande loucura cientificista e positivista, que implica a busca dos limites entre razão e desrazão. A loucura de se pretender alcançar uma explicação exaustiva e racional para a "mente humana". Aí estão a origem e o fundamento das imunidades e privilégios que o alienista a si concede. São as imunidades e privilégios que o século concede à ciência, particularmente à ciência médica em sua busca de administração da vida. O alienista, portanto, não se escolhe louco. O século o constitui assim.

Aquilo de que se fala, portanto, é desse saber que, pretendendo esgotar — de forma objetiva e rigorosa — o conhecimento a respeito da mente humana, apoia-se numa pretensão de conhecimento total do mundo e, portanto, se destina ao fracasso. Fracasso que não será devido apenas à exagerada pretensão. Antes a um esquecimento que a ciência, de má-fé, realiza: seu grande triunfo é apresentar-se como forma objetiva e racional (portanto, incontestável, exceto dentro do próprio sistema que institui) de conhecimento — ou seja: como algo fora das fraquezas humanas, fora do vulgo, das coisas miúdas. Eis por que esta metáfora do que está dentro e fora é essencial e sempre se repete: a ciência inclui e exclui num só ato: valida e desqualifica num mesmo momento — quer dizer: ou se está *fora* ou *dentro* da Casa Verde, no interior ou no exterior do continente; eis por que é necessário se colocar fora do mundo para que se possa estar dentro da Casa Verde (síntese institucional das pretensões científicas) e, aí, realizar a grande investigação final.

A ciência decreta assim sua própria insanidade — que levará à morte, ao isolamento, ao nada — no momento em que se pretende acima do bem e do mal, reivindicando para si uma isenção de tudo aquilo que não for a simples razão (já suposto o racional como o verdadeiro), ou seja, como se seu poder derivasse de uma lógica metafísica embutida no real e na razão — vistos como pares complementares —, lógica da qual seria insânia tentarmos escapar.

Ao fazer isso, a ciência apresenta-se como desinteressada — o que equivale a dizer: como não representando interesses fora daqueles que são próprios à busca da pura verdade. Nisso reside sua insensatez.

O poder da ciência

Dessa forma, em *O Alienista* se fala da ciência, mas de uma forma inédita até então: não se fala da ciência enquanto tal, seus métodos, sua validade, sua pretensão de conhecimento, seu rigor lógico, suas tendências, sua extensão. Não há aí nenhuma epistemologia no sentido clássico, muito menos alguma filosofia da ciência. Não se fala, pois, da ciência — o que seria usual e fastidioso para a época; fala-se do poder da ciência — o que representa uma raridade para aquele momento. Machado está preocupado em colocar diante de nossos olhos a pergunta fundamental do ponto de vista da política do saber: que poder é esse que emana da ciência, no que se funda, qual a razão das imunidades e privilégios que o alienista toma para si? Em suma: nenhum poder é inocente; todo poder deve ter contestadas suas razões.

Eis por que Machado não está preocupado com outro modo de conceber a loucura — que seria mais "verdadeiro" — nem se preocupa com outro tratamento aos asilados — que seria mais "humano". Por isso, o texto não contém denúncias ou reivindicações. Não há preocupação com outro caminho para a ciência patológica e não se coloca em questão a competência de Simão Bacamarte enquanto cientista: ele é, o contrário, o mais rigoroso e consequente dos cientistas, coerência que lhe cobrará a razão e a vida.

A tensão fundamental do texto está noutro lugar: o poder da ciência que a retórica científica pretende mascarar. Machado está além de seu século não apenas por questionar a concepção racionalista e positivista de ciência, mas por questionar o poder de todo e qualquer saber que pretenda apresentar-se como rigorosamente objetivo e com pretensões universais. Não há, portanto, razões para sermos otimistas quanto à razão e à ciência.

No entanto, mesmo no momento de crítica radical, Machado não se coloca na mesma linha de tiro de seus alvos. Ele não desespera da ciência enquanto conhecimento, resultado, investigação. Nem a razão lhe parece um mal. O que Machado mira, por trás da hipocrisia humanitária do positivismo, da sede de esgotar as razões do universo e da vida humana, é a insânia do exercício de poder inerente à concepção de conhecimento (e ao tipo de fundamentação do conhecimento), que a razão e a ciência positivistas enaltecem. O alvo em mira é o poder, essa coisa escorregadia, que não diz seu nome, que gera as mil máscaras por trás das quais se esconde.

A disciplina do corpo

Simão Bacamarte descreve uma trajetória de desastre — rodeado pela mediocridade, intriga, inveja, hipocrisia — mas, em meio a tudo isso, não deixa um só momento de fazer de seu corpo a "imagem vivaz do gênio". Simão Bacamarte é o corpo disciplinado.

A ideia da ciência é, de fato, sua única ocupação. Mas ela não está apenas em sua cabeça ou em sua biblioteca. Ela percorre todo seu corpo, suas vestes, suas falas, seus gestos: transformou seu corpo na expressão acabada de seu ideal e nada nele escapa a essa determinação obsessiva. De todos os continentes, é o corpo que deve ser conquistado em primeiro lugar, pois ele é o objetivo, o lugar e o instrumento de luta. Desde o início não é Simão Bacamarte quem vive — é a ciência que molda seu corpo com sua disciplina.

Ao lado das metáforas geográficas — que comprovam que Simão Bacamarte está numa guerra e se porta como audaz estrategista —, as referências à ciência são as mais frequentes ao longo do texto.

Desprezando os negócios da Corte, o alienista elege seu universo, Itaguaí, e seu "emprego único": "entregou-se de corpo e alma ao estudo da ciência"[29] Seu projeto está lançado. Tanto o corpo quanto a alma estão desde o início envolvidos nesse negócio. A ciência cobra de seus amantes não apenas a mente, mas também o corpo, que será moldado aos poucos e decididamente, em busca da "imagem vivaz do gênio".

Não se trata de uma escolha acadêmica — neste caso teria preferido os benefícios da Corte —, já que não se importa com vantagens monetárias ou honrarias que sobrem na periferia do poder monárquico. É uma escolha de vida, a opção por um poder que não será periférico nem ocasional, mas um poder mais alto, que a seus olhos se apresenta como a possibilidade de colocar Itaguaí e o universo "à beira de uma revolução". Um poder, no entanto, que vai lhe cobrar o controle e o domínio pleno de seu corpo.

Assim, não será segundo diretrizes miúdas e vulgares que selecionará sua esposa. A escolha de d. Evarista será feita segundo os princípios de uma demonstração racional. Trata-se de uma mulher despida de atrativos, "malcomposta de feições" .... "não bonita nem simpática"[29] Mas que importância tem isso para um sábio? Importam, isso sim, as condições fisiológicas e anatômicas da esposa, o fato de dormir regularmente e digerir com facilidade. De resto, sendo feia a esposa, teria um motivo a menos para se afastar das nobres ocupações dignas de um sábio.

Não corria o risco de preterir os interesses da ciência na contemplação exclusiva, miúda e vulgar da consorte.[29]

A alma e o corpo do alienista — do qual, aliás, d Evarista não passa de um apêndice necessário apenas à reprodução biológica — parecem estar em harmonia. Mas surge um pequeno problema: d Evarista, apesar dos remédios e das carnes de porco que lhe receita o marido, é incapaz de gerar filhos — a isso "devemos a total extinção da dinastia dos Bacamartes".[30] O sábio não se abala, porém. A ciência, reflete, tem o "dom de curar todas as mágoas"[30] — e o alienista mergulha mais e mais nos estudos, sua verdadeira missão, descobrindo nesse momento o setor da medicina que deve merecer seus esforços: "A saúde da alma — bradou ele — é a ocupação mais digna do médico."[30]

Há dois recortes, novamente: o do alienista e o do texto de Machado. O lienista vê nessa miúda desgraça um sinal a mais a projetá-lo na direção das investigações científicas, agora que localizou onde exercê-las. Machado assinala, como o fará ao longo de todo o texto, a atabalhoada atitude do alienista, sempre negando os desastres de sua vida em troca dos delírios de um sábio. Há um homem que sofre e se frustra por ver extinta a "dinastia dos Bacamartes", e há um homem que entrega seu corpo e sua alma à ciência.

Daí decorrem duas vertentes na narrativa: de um lado, o elogio solene da ciência e da razão; de outro, o progressivo desastre afetivo-corporal em que se converte o alienista.

Sufocadas, suas paixões, medos, ansiedades e dúvidas vão ressecando seu caráter, esmagando qualquer manifestação de fraqueza ou afeto. Quando d. Evarista despede-se para viajar ao Rio, o alienista vai ao bota-fora na maior indiferença, pois, "homem de ciência, e só de ciência, nada o consternava fora da ciência".[39] Um homem só de ciência, além de não se comover, não perde a ocasião para vasculhar a multidão, com um "olhar inquieto e policial", verificando se por acaso algum demente não poderia ter-se misturado com a gente de juízo.

Seu corpo idealizado sofre apenas as paixões próprias de um sábio. Diante de um relato que lhe parece rico em sugestões psiquiátricas, é tomado de "uma volúpia científica". Quando do regresso do d. Evarista — que, vulgar, desmaia em seus braços —, Bacamarte permanece indiferente, "frio como um diagnóstico, sem desengonçar por um instante a rigidez científica".[50]

Assim, vai conquistando corpo a "imagem vivaz do gênio". Nos delírios de Bacamarte, temos um investigador permanente, um sábio alhcio às coisas menores da vida, o olhar preso no horizonte a vasculhar o futuro, pensando teorias, dedicando-se a seu emprego único. No tecido do texto de Machado, porém, vai surgindo um corpo dilacerado, que se compraz em ser frio como um diagnóstico e cientificamente rígido.

Já próximo do final — de sua "última verdade" —, meditará solitário, passeando pela vasta sala onde tem sua biblioteca e compondo esta triste figura:

> *Um amplo chambre de damasco, preso à cintura por um cordão de seda, com bordas de ouro (presente de uma universidade) envolvia o corpo majestoso e austero do ilustre alienista.*

A cabeleira cobria-lhe uma extensa e nobre calva adquirida nas cogitações quotidianas da ciência. Os pés, não delgados e femininos, não graúdos e mariolas, mas proporcionados ao vulto, eram resguardados por um par de sapatos cujas fivelas não passavam de simples e modesto latão. Vede a diferença: — só se lhe notava luxo naquilo que era de origem científica; o que propriamente vinha dele trazia a cor da moderação e da singeleza, virtudes tão ajustadas à pessoa de um sábio.[84]

É o corpo falante, submisso ao discurso científico. A ciência é disciplina, sabe Machado. Poder e disciplina. Enquanto conjunto de ensinamentos e enquanto normatização que se cristaliza num corpo. Assim, embora de início pudesse parecer o contrário, não há no alienista uma separação entre um ideal científico exaltado e um corpo relegado às coisas irrelevantes. Seu corpo e sua mente, seus ideais e seus afetos, são uma coisa só: "reúno — poderá ele dizer então — em mim mesmo a teoria e a prática". Essa é uma questão científica e, tomado por ela, mergulhará em nova investigação, rumo à "última verdade", em busca "de uma doutrina nova, cujo primeiro exemplo sou eu".[86]

Mas que última verdade? Nesse momento final da narrativa, Machado dissolve a dualidade com a qual vinha trabalhando, tomando o cuidado de preservar, no entanto, a distância irônica: não há uma última verdade para o alienista, uma vez que nada encontrou, exceto a morte. Mas haverá uma última verdade do texto — afinal, o alienista vivia de refutar-se continuamente. Quem sabe não terá provado alguma coisa?

O corpo da disciplina

A loucura do alienista não é uma tragédia somente pessoal. Ele assumiu em seu corpo, coerentemente, todos os projetos científicos da época — e isso o levou ao desastre.

Mas uma coisa é certa: eram projetos científicos. Enlouquecidos, talvez, mas colados ao discurso positivista.

Tratava-se de "estudar profundamente a loucura, os seus diversos graus, classificar-lhe os casos, descobrir enfim a causa do fenômeno e o remédio universal".[33] Projeto partilhado por inúmeros colegas de Bacamarte, tanto de ontem quanto de hoje. Projeto elevado, acima de interesses pessoais ou busca de honrarias: "trata-se de coisa mais alta, trata-se de uma experiência científica".[41] Experiência assumida com todos os cuidados e escrúpulos exigidos pela ciência:

> *Digo experiência, porque não me atrevo a assegurar desde já a minha ideia; nem a ciência é outra coisa, senhor Soares —* (diz ele ao boticário Crispim) *—, senão uma investigação constante. Trata-se, pois, de uma experiência, mas uma experiência que vai mudar a face da Terra. A loucura, objeto dos meus estudos, era até agora uma ilha perdida no oceano da razão; começo a suspeitar que é um continente.*[41]

A ciência, adverte o texto, não está livre de pretensões enlouquecidas, que não são exclusivas de Simão Bacamarte, aliás. Não se trata apenas de investigar (um investigar sem pretensão e metafísico), mas de conquistar. A ilha perseguida se revela um continente — o universo acanhado de Itaguaí se amplia, universaliza-se ao toque mágico da abstração científica. E, metáfora geográfica, diante desse continente o alienista se coloca como um cavaleiro andante.

Mesmo que se queira evitar, em vários momentos nos invade a mente a imagem do Quixote. E nem lhe falta um Sancho Pança na figura servil, medrosa e chã de Crispim Soares, que seria a imagem vivaz do vulgo. Em seus combates, Bacamarte cruza lanças não contra moinhos de vento ou cavaleiros andantes, mas contra teorias e ideias vulgares — as quais, submetidas a seu espírito privilegiado, acabam se revelando igualmente fantasmagóricas.

Desastrado e delirante como Quixote, sua empreitada também terminará em morte. Mal erguia seu próprio mito, a ciência já encontrava um quixote-alienista para lhe apontar seu fim (enquanto meta e enquanto morte), mas, no caso, os quixotes eram multidão triunfante, não só na ciência, mas também na política e nas artes. Enquanto o século delirava, Machado limitava-se a compor seu texto.

E, nele, o projeto do alienista ganha corpo:

> *Supondo o espírito humano uma vasta concha, o meu fim, senhor Soares, é ver se posso extrair a pérola, que é a razão; por outros termos, demarquemos definitivamente os limites da razão e da loucura. A razão é o perfeito equilíbrio de todas as faculdades; fora daí insânia, insânia, e só insânia.*[42]

O padre Lopes, a quem o alienista confia a nova teoria, vê nela um absurdo ou, pelo menos, uma tarefa colossal. Mas nada pode resistir ao triunfo da ciência. Para o esperto e assustado padre, a tarefa do alienista tem dupla face: é absurda, pois assim a vê do ângulo da teologia cristã, certamente alarmado com o pecado que é a pretensão de se desvendar a última razão dos mistérios da mente humana: soberba e sacrilégio, desejo satânico de ser Deus. Mas, manhoso, o bom padre dependura na sua frase um adendo estratégico: tarefa colossal. Certamente lhe era difícil duvidar da ciência nesse século de tantos prodígios. Não absurdo, portanto — apenas colossal. Tarefa grande demais para um homem. O cuidado se explica: quem sabe do que será capaz a ciência? A religião declinante rende sua tímida homenagem à ciência. E o que esta faz? Diz o texto: "A ciência contentou-se em estender a mão à teologia — com tal segurança, que a teologia não soube enfim se devia crer em si ou na outra."[43] Entre teologia e ciência, o abismo estava cavado e o cumprimento condescendente e superior do alienista unia e separava duas eras. "Itaguaí e o universo ficavam à beira de uma revolução."[43]

"A ciência é coisa séria"

O poder da ciência se instala definitivamente. "Tudo era loucura."[71] Poder sobre o século, poder frente à teologia, poder junto à câmara de vereadores de Itaguaí — poder sobre o continente conquistado. Não só poder de desenvolver um discurso explicativo a respeito da mente humana, mas algo mais radical: poder de estabelecer os limites entre razão e loucura e, feito isso, trancafiar aqueles que, por um "ruim costume", eram deixados à solta.

E mais: poder de colocar-se além do vulgo, que é medíocre, e dos interesses dos mortais comuns, que distorcem a verdade. O alienista é insuspeito: seus atos jamais denunciarão impureza, mesquinharias, vinganças, escolhas políticas; serão sempre os atos de um sábio. "O marido era um sábio — (raciocina d. Evarista quando da "torrente de loucos") —, não recolheria ninguém à Casa Verde sem prova evidente de loucura."[51] Nem mesmo o poder da Câmara prevalecerá sobre o alienista, pois "a ciência não podia ser emendada por votação administrativa". Tampouco o povo — ainda que seja em nome dos benefícios à humanidade que Bacamarte lute — poderá se pronunciar. Movimentos de rua não podem contestar a ciência, é o que prova a traída Revolta dos Canjicas.

Ou seja: "A ciência é a ciência", repete o alienista diante de dúvidas, ataques, desconfianças, imaginando se seu opositor não será mais um caso a trancafiar. A ciência não deve explicações a ninguém, tem suas próprias normas de autoavaliação, o que compete apenas a ela própria discutir. Acima do bem e do mal, imune às suspeitas, o sábio (encarnação da ciência) não tem por onde ser contestado. Diante da Revolta dos Canjicas, o alienista discursa à multidão:

— *Meus senhores, a ciência é coisa séria, e merece ser tratada com seriedade. Não dou razão dos meus atos de alienista a ninguém, salvo aos mestres e a Deus. Se quereis emendar a administração da Casa Verde, estou pronto a ouvir-vos; mas, se exigis que me negue a mim mesmo, não ganhareis nada. Poderia convidar alguns de vós, em comissão dos outros, a vir ver comigo os loucos reclusos; mas não o faço, porque seria dar-vos razão do meu sistema, o que não farei a leigos, nem a rebeldes.*[59]

É difícil encontrarmos discurso mais perfeito sobre as imunidades e privilégios que a ciência a si mesmo concede, ancorada nas instituições que falam em seu nome. O único tribunal do cientista são mestres (igualmente cientistas, é claro) e Deus (que não costuma interferir em polêmicas desse tipo). Dar razão de seu sistema seria negar-se; e isso é fácil entender: o poder decorrente do saber científico não é um anexo que lhe seja acrescentado em certas condições; tal poder está no interior mesmo da concepção e do projeto científico. Quer dizer: Simão Bacamarte não delira por ter saído dos limites da ciência, mas por ter entrado neles. Não quebra nenhuma norma científica; desastrado e cego, quer cumpri-las todas com rigorosa coerência.

Disso encontramos a melhor ilustração na Revolta dos Canjicas, comandada pelo barbeiro Porfírio, e, como se não bastante, no levante seguinte, liderado por João Pina, outro barbeiro. Nos dois casos, com o detalhe de que o segundo golpista faz a cópia fiel da declaração do primeiro, resulta a confirmação de um poder que permanece inabalável: o poder de Simão Bacamarte e da Casa Verde. "É matéria de ciência", diz Porfírio, respeitando a instituição que, antes de vitorioso, jurara destruir. As duas revoltas, que se destinavam a derrubar a tirania do alienista, só fizeram fortalecê-lo, permitindo que trancafiasse Porfírio e outros cinquenta e tantos indivíduos que declarou mentecaptos, além do pobre Crispim Soares, punido por sua covardia. "O terror também é pai da loucura", declara o alienista, ele que, sabemos pelo texto de Machado, instaurara o terror.

A partir desse ponto, instaladas em Itaguaí as forças do vice-rei, o poder do alienista é total. "Tudo era loucura"— inclusive o apego de d. Evarista às sedas, veludos e rendas. Diagnosticada como portadora de "mania suntuária", também foi trancafiada. Assim, colocando os ditames da ciência acima dos laços de casamento e afeto que o ligavam a d. Evarista, o alienista superou-se como homem a quem só a ciência importava. "Ninguém mais tinha o direito de resistir-lhe — menos ainda o de atribuir-lhe intuitos alheios à ciência."[73]

Novamente os dois discursos confluem para o mesmo ponto. O desastre afetivo e humano que é Simão Bacamarte reúne-se ao triunfante homem de ciência que é o alienista. Ao trancafiar a própria esposa, impondo ao miúdo sentimento de amor os compromissos para com a ciência, o alienista já se encontra além dos limites daquilo que é simplesmente humano. E terá sido esse um dos limites entre razão e loucura que não lhe ocorreu investigar.

Referências bibliográficas

FOUCAULT, Michel. *História da loucura na Idade Clássica*. Tradução de José Teixeira Coelho Netto. São Paulo: Editora Perspectiva, 1978.

_____. *Microfísica do poder*. Organização e tradução de Roberto Machado. Rio de Janeiro: Edições Graal, 1979.

_____. *As palavras e as coisas*: uma arqueologia das ciências humanas. Tradução Salma Tannus Muchail. 4ª ed. São Paulo: Martins Fontes Editora, 1987.

I
De como Itaguaí ganhou uma casa de orates

As crônicas da vila de Itaguaí dizem que em tempos remotos vivera ali um certo médico, o dr. Simão Bacamarte, filho da nobreza da terra e o maior dos médicos do Brasil, de Portugal e das Espanhas. Estudara em Coimbra e Pádua. Aos 34 anos regressou ao Brasil, não podendo el-rei alcançar dele que ficasse em Coimbra, regendo a universidade, ou em Lisboa, expedindo os negócios da monarquia.

— A ciência — disse ele a sua majestade — é o meu emprego único; Itaguaí é o meu universo.

Dito isso, meteu-se em Itaguaí e entregou-se de corpo e alma ao estudo da ciência, alternando as curas com as leituras, e demonstrando os teoremas com cataplasmas. Aos quarenta anos casou com d. Evarista da Costa e Mascarenhas, senhora de 25 anos, viúva de um juiz de fora, e não bonita nem simpática. Um dos tios dele, caçador de pacas perante o Eterno, e não menos franco, admirou-se de semelhante escolha e disse-lho. Simão Bacamarte explicou-lhe que d. Evarista reunia condições fisiológicas e anatômicas de primeira ordem, digeria com facilidade, dormia regularmente, tinha bom pulso, e excelente vista; estava assim apta para dar-lhe filhos robustos, sãos e inteligentes. Se além dessas prendas — únicas dignas da preocupação de um sábio —, d. Evarista era malcomposta de feições, longe de lastimá-lo, agradecia-o a Deus, porquanto não corria o risco de preterir os interesses da ciência na contemplação exclusiva, miúda e vulgar da consorte.

D. Evarista mentiu às esperanças do dr. Bacamarte, não lhe deu filhos robustos nem mofinos. A índole natural da ciência é a longanimidade; o nosso médico esperou três anos, depois quatro, depois cinco. Ao cabo desse tempo fez um estudo profundo da matéria, releu todos os escritores árabes e outros, que trouxera para Itaguaí, enviou consultas às universidades italianas e alemãs, e acabou por aconselhar à mulher um regime alimentício especial. A ilustre dama, nutrida exclusivamente com a bela carne de porco de Itaguaí, não atendeu às admoestações do esposo; e à sua resistência — explicável, mas inqualificável — devemos a total extinção da dinastia dos Bacamartes.

Mas a ciência tem o inefável dom de curar todas as mágoas; o nosso médico mergulhou inteiramente no estudo e na prática da medicina. Foi então que um dos recantos desta lhe chamou especialmente a atenção — o recanto psíquico, o exame da patologia cerebral. Não havia na colônia, e ainda no reino, uma só autoridade em semelhante matéria, mal explorada, ou quase inexplorada. Simão Bacamarte compreendeu que a ciência lusitana, e particularmente a brasileira, podia cobrir-se de "louros imarcescíveis" — expressão usada por ele mesmo, mas em um arroubo de intimidade doméstica; exteriormente era modesto, segundo convém aos sabedores.

— A saúde da alma — bradou ele — é a ocupação mais digna do médico.

— Do verdadeiro médico — emendou Crispim Soares, boticário da vila, e um dos seus amigos e comensais.

A vereança de Itaguaí, entre outros pecados de que é arguida pelos cronistas, tinha o de não fazer caso dos dementes. Assim é que cada louco furioso era trancado em uma alcova, na própria casa, e, não curado, mas descurado, até que a morte o vinha defraudar do benefício da vida; os mansos andavam à solta pela rua. Simão Bacamarte entendeu desde logo reformar tão ruim costume; pediu licença à Câmara para agasalhar e tratar no edifício que ia construir todos os loucos de Itaguaí e das demais vilas e cidades, mediante um estipêndio, que a Câmara lhe daria quando a família do enfermo o não pudesse fazer. A proposta excitou a curiosidade de toda a vila, e encontrou grande resistência, tão certo é que dificilmente se desarraigam hábitos absurdos, ou ainda maus. A ideia de meter os loucos na mesma casa, vivendo em comum, pareceu em si mesma um sintoma de demência, e não faltou quem o insinuasse à própria mulher do médico.

— Olhe, dona Evarista —, disse-lhe o padre Lopes, vigário do lugar —, veja se seu marido dá um passeio ao Rio de Janeiro. Isso de estudar sempre, sempre, não é bom, vira o juízo.

D. Evarista ficou aterrada, foi ter com o marido, disse-lhe "que estava com desejos", um principalmente, o de vir ao Rio de Janeiro e comer tudo o que a ele lhe parecesse adequado a certo fim. Mas aquele grande homem, com a rara sagacidade que o distinguia, penetrou a intenção da esposa e redarguiu-lhe sorrindo que não tivesse medo. Dali foi à Câmara, onde os vereadores debatiam a proposta, e defendeu-a com tanta eloquência, que a maioria resolveu autorizá-lo ao que pedira, votando ao mesmo tempo um imposto destinado a subsidiar o tratamento, alojamento e mantimento dos doidos pobres. A matéria do imposto não foi fácil achá-la; tudo estava tributado em Itaguaí. Depois de longos estudos, assentou-se em permitir o uso de dois penachos nos cavalos dos enterros. Quem quisesse emplumar os cavalos de um coche mortuário pagaria dois tostões à Câmara, repetindo-se tantas vezes essa quantia quantas fossem as horas decorridas entre a do falecimento e a da última bênção na sepultura. O escrivão perdeu-se nos cálculos aritméticos do rendimento possível da nova taxa; e um dos vereadores, que não acreditava na empresa do médico, pediu que se relevasse o escrivão de um trabalho inútil.

— Os cálculos não são precisos — disse ele —, porque o doutor Bacamarte não arranja nada. Quem é que viu agora meter todos os doidos dentro da mesma casa?

Enganava-se o digno magistrado; o médico arranjou tudo. Uma vez empossado da licença começou logo a construir a casa. Era na rua Nova, a mais bela rua de Itaguaí naquele tempo; tinha cinquenta janelas por lado, um pátio no centro e numerosos cubículos para os hóspedes. Como fosse grande arabista, achou no Corão que Maomé declara veneráveis os doidos, pela consideração de que Alá lhes tira o juízo para que não pequem. A ideia pareceu-lhe bonita e profunda, e ele a fez gravar no frontispício da casa; mas, como tinha medo ao vigário, e por tabela ao bispo, atribuiu o pensamento a Benedito VIII, merecendo com essa fraude, aliás, pia, que o padre Lopes lhe contasse, ao almoço, a vida daquele pontífice eminente.

A Casa Verde foi o nome dado ao asilo, por alusão à cor das janelas, que pela primeira vez apareciam verdes em Itaguaí. Inaugurou-se com imensa pompa; de todas as vilas e povoações próximas, e até remotas, e da própria cidade do Rio de Janeiro, correu gente para assistir às cerimônias, que duraram sete dias. Muitos dementes já estavam recolhidos; e os parentes tiveram ocasião de ver o carinho paternal e a caridade cristã com que eles iam ser tratados. D. Evarista, contentíssima com a glória do marido, vestira-se luxuosamente, cobriu-se de joias, flores e sedas. Ela foi uma verdadeira rainha naqueles dias memoráveis; ninguém deixou de ir visitá-la duas e três vezes, apesar dos costumes caseiros e recatados do século, e não só a cortejavam como a louvavam; porquanto — e esse fato é um documento altamente honroso para a sociedade do tempo —, porquanto viam nela a feliz esposa de um alto espírito, de um varão ilustre, e, se lhe tinham inveja, era a santa e nobre inveja dos admiradores.

Ao cabo de sete dias expiraram as festas públicas; Itaguaí tinha finalmente uma casa de orates.

II
Torrente de loucos

Três dias depois, numa expansão íntima com o boticário Crispim Soares, desvendou o alienista o mistério do seu coração.

— A caridade, senhor Soares, entra decerto no meu procedimento, mas entra como tempero, como o sal das coisas, que é assim que interpreto o dito de são Paulo aos Coríntios: "Se eu conhecer quanto se pode saber, e não tiver caridade, não sou nada." O principal nesta minha obra da Casa Verde é estudar profundamente a loucura, os seus diversos graus, classificar-lhe os casos, descobrir enfim a causa do fenômeno e o remédio universal. Esse é o mistério do meu coração. Creio que com isso presto um bom serviço à humanidade.

— Um excelente serviço — corrigiu o boticário.

— Sem este asilo — continuou o alienista —, pouco poderia fazer; ele dá-me, porém, muito maior campo aos meus estudos.

— Muito maior — acrescentou o outro.

E tinham razão. De todas as vilas e arraiais vizinhos afluíam loucos à Casa Verde. Eram furiosos, eram mansos, eram monomaníacos, era toda a família dos deserdados do espírito. Ao cabo de quatro meses, a Casa Verde era uma povoação. Não bastaram os primeiros cubículos; mandou-se anexar uma galeria de mais 37. O padre Lopes confessou que não imaginara a existência de tantos doidos no mundo, e menos ainda o inexplicável de alguns casos. Um, por exemplo, um rapaz bronco e vilão, que todos os dias, depois do almoço, fazia regularmente um discurso acadêmico, ornado de tropos, de antíteses, de apóstrofes, com seus recamos de grego e latim, e suas borlas de Cícero, Apuleio e Tertuliano. O vigário não queria acabar de crer. Quê! um rapaz que ele vira, três meses antes, jogando peteca na rua!

— Não digo que não — respondia-lhe o alienista —; mas a verdade é o que vossa reverendíssima está vendo. Isto é todos os dias.

— Quanto a mim — tornou o vigário —, só se pode explicar pela confusão das línguas na torre de Babel, segundo nos conta a Escritura; provavelmente, confundidas antigamente as línguas, é fácil trocá-las agora, desde que a razão não trabalhe...

— Essa pode ser, com efeito, a explicação divina do fenômeno — concordou o alienista, depois de refletir um instante —, mas não é impossível que haja também alguma razão humana, e puramente científica, e disso trato...

—Vá que seja, e fico ansioso. Realmente!

Os loucos por amor eram três ou quatro, mas só dois espantavam pelo curioso do delírio. O primeiro, um Falcão, rapaz de 25 anos, supunha-se estrela-d'alva, abria os braços e alargava as pernas, para dar-lhes certa feição de raios, e ficava assim horas esquecidas a perguntar se o sol já tinha saído para ele recolher-se. O outro andava sempre, sempre, sempre, à roda das salas ou do pátio, ao longo dos corredores, à procura do fim do mundo. Era um desgraçado, a quem a mulher deixou por seguir um peralvilho. Mal descobrira a fuga, armou-se de uma garrucha e saiu-lhes no encalço; achou-os duas horas depois, ao pé de uma lagoa, matou-os a ambos com os maiores requintes de crueldade.

O ciúme satisfez-se, mas o vingado estava louco. E então começou aquela ânsia de ir ao fim do mundo à cata dos fugitivos.

A mania das grandezas tinha exemplares notáveis. O mais notável era um pobre-diabo, filho de um algibebe, que narrava às paredes (porque não olhava nunca para nenhuma pessoa) toda a sua genealogia, que era esta:

— Deus engendrou um ovo, o ovo engendrou a espada, a espada engendrou Davi, Davi engendrou a púrpura, a púrpura engendrou o duque, o duque engendrou o marquês, o marquês engendrou o conde, que sou eu.

Dava uma pancada na testa, um estalo com os dedos, e repetia cinco, seis vezes seguidas:

— Deus engendrou um ovo, o ovo etc.

Outro da mesma espécie era um escrivão, que se vendia por mordomo do rei; outro era um boiadeiro de Minas, cuja mania era distribuir boiadas a toda a gente, dava 300 cabeças a um, 600 a outro, 1.200 a outro, e não acabava mais. Não falo dos casos de monomania religiosa; apenas citarei um sujeito que, chamando-se João de Deus, dizia agora ser o deus João, e prometia o reino dos céus a quem o adorasse, e as penas do inferno aos outros; depois desse, o licenciado Garcia, que não dizia nada, porque imaginava que no dia em que chegasse a proferir uma só palavra, todas as estrelas se despegariam do céu e abrasariam a terra; tal era o poder que recebera de Deus. Assim o escrevia ele no papel que o alienista lhe mandava dar, menos por caridade do que por interesse científico.

Que, na verdade, a paciência do alienista era ainda mais extraordinária do que todas as manias hospedadas na Casa Verde; nada menos que assombrosa. Simão Bacamarte começou por organizar um pessoal de administração; e, aceitando essa ideia ao boticário Crispim Soares, aceitou-lhe também dois sobrinhos, a quem incumbiu da execução de um regimento que lhes deu, aprovado pela Câmara, a distribuição da comida e da roupa, e assim também na escrita etc. Era o melhor que podia fazer, para somente cuidar do seu ofício. — A Casa Verde — disse ele ao vigário — é agora uma espécie de mundo, em que há o governo temporal e o governo espiritual. E o padre Lopes ria desse pio trocado e acrescentava, com o único fim de dizer também uma chalaça: — Deixe estar, deixe estar, que hei de mandá-lo denunciar ao papa.

Uma vez desonerado da administração, o alienista procedeu a uma vasta classificação dos seus enfermos. Dividiu-os primeiramente em duas classes principais: os furiosos e os mansos; daí passou às subclasses, monomanias, delírios, alucinações diversas. Isso feito, começou um estudo aturado e contínuo; analisava os hábitos de cada louco, as horas de acesso, as aversões, as simpatias, as palavras, os gestos, as tendências; inquiria da vida dos enfermos, profissão, costumes, circunstâncias da revelação mórbida, acidentes da infância e da mocidade, doenças de outra espécie, antecedentes na família, uma devassa, enfim, como a não faria o mais atilado corregedor. E cada dia notava uma observação nova, uma descoberta interessante, um fenômeno extraordinário. Ao mesmo tempo estudava o melhor regime, as substâncias medicamentosas, os meios curativos e os meios paliativos, não só os que vinham nos seus amados árabes, como os que ele mesmo descobria, à força de sagacidade e paciência. Ora, todo esse trabalho levava-lhe o melhor e o mais do tempo. Mal dormia e mal comia; e, ainda comendo, era como se trabalhasse, porque ora interrogava um texto antigo, ora ruminava uma questão, e ia muitas vezes de um cabo a outro do jantar sem dizer uma só palavra a d. Evarista.

III
Deus sabe o que faz!

A ilustre dama, no fim de dois meses, achou-se a mais desgraçada das mulheres; caiu em profunda melancolia, ficou amarela, magra, comia pouco e suspirava a cada canto. Não ousava fazer-lhe nenhuma queixa ou reproche[1], porque respeitava nele o seu marido e senhor, mas padecia calada, e definhava a olhos vistos. Um dia, ao jantar, como lhe perguntasse o marido o que é que tinha, respondeu tristemente que nada; depois atreveu-se um pouco, e foi ao ponto de dizer que se considerava tão viúva como dantes. E acrescentou:

— Quem diria nunca que meia dúzia de lunáticos...

Não acabou a frase; ou antes, acabou-a levantando os olhos ao teto — os olhos, que eram a sua feição mais insinuante —, negros, grandes, lavados de uma luz úmida, como os da aurora. Quanto ao gesto, era o mesmo que empregara no dia em que Simão Bacamarte a pediu em casamento. Não dizem as crônicas se d. Evarista brandiu aquela arma com o perverso intuito de degolar de uma vez a ciência, ou, pelo menos, decepar-lhe as mãos; mas a conjectura é verossímil. Em todo caso, o alienista não lhe atribuiu outra intenção. E não se irritou o grande homem, não ficou sequer consternado. O metal de seus olhos não deixou de ser o mesmo metal, duro, liso, eterno, nem a menor prega veio quebrar a superfície da fronte quieta como a água de Botafogo. Talvez um sorriso lhe descerrou os lábios, por entre os quais filtrou esta palavra macia como o óleo do *Cântico*:

— Consinto que vás dar um passeio ao Rio de Janeiro.

D. Evarista sentiu faltar-lhe o chão debaixo dos pés. Nunca dos nuncas vira o Rio de Janeiro, que posto não fosse sequer uma pálida sombra do que hoje é, todavia era alguma coisa mais do que Itaguaí. Ver o Rio de Janeiro, para ela, equivalia ao sonho do hebreu cativo. Agora, principalmente, que o marido assentara de vez naquela povoação interior, agora é que ela perdera as últimas esperanças de respirar os ares da nossa boa cidade; e justamente agora é que ele a convidava a realizar os seus desejos de menina e moça. D. Evarista não pôde dissimular o gosto de semelhante proposta. Simão Bacamarte pegou-lhe na mão e sorriu — um sorriso tanto ou quanto filosófico, além de conjugal, em que parecia traduzir-se este pensamento: "Não há remédio certo para as dores da alma; esta senhora definha, porque lhe parece que a não amo; dou-lhe o Rio de Janeiro, e consola-se." E porque era homem estudioso tomou nota da observação.

Mas um dardo atravessou o coração de d. Evarista. Conteve-se, entretanto; limitou-se a dizer ao marido, que, se ele não ia, ela não iria também, porque não havia de meter-se sozinha pelas estradas.

— Irá com sua tia — redarguiu o alienista.

Note-se que d. Evarista tinha pensado nisso mesmo; mas não quisera pedi-lo nem insinuá-lo, em primeiro lugar porque seria impor grandes despesas ao marido, em segundo lugar porque era melhor, mais metódico e racional que a proposta viesse dele.

— Oh! mas o dinheiro que será preciso gastar! — suspirou d. Evarista sem convicção.

— Que importa? Temos ganho muito — disse o marido. — Ainda ontem o escriturário prestou-me contas. Queres ver?

E levou-a aos livros. D. Evarista ficou deslumbrada. Era uma via-láctea de algarismos. E depois levou-a às arcas, onde estava o dinheiro. Deus! Eram montes de ouro, eram mil cruzados sobre mil cruzados, dobrões sobre dobrões; era a opulência. Enquanto ela comia o ouro com os seus olhos negros, o alienista fitava-a e dizia-lhe ao ouvido com a mais pérfida das alusões:

— Quem diria que meia dúzia de lunáticos...

D. Evarista compreendeu, sorriu e respondeu com muita resignação:

— Deus sabe o que faz!

Três meses depois efetuava-se a jornada. D. Evarista, a tia, a mulher do boticário, um sobrinho deste, um padre que o alienista conhecera em Lisboa, e que de aventura achava-se em Itaguaí, cinco ou seis pajens, quatro mucamas, tal foi a comitiva que a população viu dali sair em certa manhã do mês de maio. As despedidas foram tristes para todos, menos para o alienista. Conquanto as lágrimas de d. Evarista fossem abundantes e sinceras, não chegaram a abalá-lo. Homem de ciência, e só de ciência, nada o consternava fora da ciência; e se alguma coisa o preocupava naquela ocasião, se ele deixava correr pela multidão um olhar inquieto e policial, não era outra coisa mais do que a ideia de que algum demente podia achar-se ali misturado com a gente de juízo.

— Adeus! — soluçaram enfim as damas e o boticário.

E partiu a comitiva. Crispim Soares, ao tornar a casa, trazia os olhos entre as duas orelhas da besta ruana em que vinha montado; Simão Bacamarte alongava os seus pelo horizonte adiante, deixando ao cavalo a responsabilidade do regresso. Imagem vivaz do gênio e do vulgo! Um fita o presente, com todas as suas lágrimas e saudades, outro devassa o futuro com todas as suas auroras.

IV
Uma nova teoria

Ao passo que d. Evarista, em lágrimas, vinha buscando o Rio de Janeiro, Simão Bacamarte estudava por todos os lados uma certa ideia arrojada e nova, própria a alargar as bases da psicologia. Todo o tempo que lhe sobrava dos cuidados da Casa Verde era pouco para andar na rua, ou de casa em casa, conversando as gentes sobre trinta mil assuntos, e virgulando as falas de um olhar que metia medo aos mais heroicos.

Um dia de manhã — eram passadas três semanas — estando Crispim Soares ocupado em temperar um medicamento, vieram dizer-lhe que o alienista o mandava chamar.

— Trata-se de negócio importante, segundo ele me disse — acrescentou o portador.

Crispim empalideceu. Que negócio importante podia ser, se não alguma triste notícia da comitiva, e especialmente da mulher? Porque este tópico deve ficar claramente definido, visto insistirem nele os cronistas: Crispim amava a mulher, e, desde trinta anos, nunca estiveram separados um só dia. Assim se explicam os monólogos que ele fazia agora, e que os fâmulos lhe ouviam muita vez: "Anda, bem-feito, quem te mandou consentir na viagem de Cesária? Bajulador, torpe bajulador! Só para adular o doutor Bacamarte. Pois agora aguenta-te; anda, aguenta-te, alma de lacaio, fracalhão, vil, miserável. Dizes amém a tudo, não é? Aí tens o lucro, biltre!" E muitos outros nomes feios, que um homem não deve dizer aos outros, quanto mais a si mesmo. Daqui a imaginar o efeito do recado é um nada. Tão depressa ele o recebeu como abriu mão das drogas e voou à Casa Verde.

Simão Bacamarte recebeu-o com a alegria própria de um sábio, uma alegria abotoada de circunspecção até o pescoço.

— Estou muito contente — disse ele.

— Notícias do nosso povo? — perguntou o boticário com a voz trêmula.

O alienista fez um gesto magnífico, e respondeu:

— Trata-se de coisa mais alta, trata-se de uma experiência científica. Digo experiência, porque não me atrevo a assegurar desde já a minha ideia; nem a ciência é outra coisa, senhor Soares, senão uma investigação constante. Trata-se, pois, de uma experiência, mas uma experiência que vai mudar a face da Terra. A loucura, objeto dos meus estudos, era até agora uma ilha perdida no oceano da razão; começo a suspeitar que é um continente.

Disse isso e calou-se, para ruminar o pasmo do boticário. Depois explicou compridamente a sua ideia. No conceito dele a insânia abrangia uma vasta superfície de cérebros; e desenvolveu isso com grande cópia de raciocínios, de textos, de exemplos. Os exemplos achou-os na história e em Itaguaí; mas, como um raro espírito que era, reconheceu o perigo de citar todos os casos de Itaguaí, e refugiou-se na história. Assim, apontou com especialidade alguns personagens célebres, Sócrates, que tinha um demônio familiar, Pascal, que via um abismo à esquerda, Maomé, Caracala, Domiciano, Calígula etc., uma enfiada de casos e pessoas, em que de mistura vinham entidades odiosas, e entidades ridículas. E porque o boticário se admirasse de uma tal promiscuidade, o alienista disse-lhe que era tudo a mesma coisa, e até acrescentou sentenciosamente:

— A ferocidade, senhor Soares, é o grotesco a sério.

— Gracioso, muito gracioso! — exclamou Crispim Soares levantando as mãos ao céu.

Quanto à ideia de ampliar o território da loucura, achou-a o boticário extravagante; mas a modéstia, principal adorno de seu espírito, não lhe sofreu confessar outra coisa além de um nobre entusiasmo; declarou-a sublime e verdadeira, e acrescentou que era "caso de matraca". Essa expressão não tem equivalente no estilo moderno. Naquele tempo, Itaguaí, que, como as demais vilas, arraiais e povoações da colônia, não dispunha de imprensa, tinha dois modos de divulgar uma notícia: ou por meio de cartazes manuscritos e pregados na porta da Câmara e da matriz — ou por meio de matraca. Eis em que consistia esse segundo uso. Contratava-se um homem, por um ou mais dias, para andar as ruas do povoado, com uma matraca na mão. De quando em quando tocava a matraca, reunia-se gente, e ele anunciava o que lhe incumbiam — um remédio para sezões, umas terras lavradias, um soneto, um donativo eclesiástico, a melhor tesoura da vila, o mais belo discurso do ano etc. O sistema tinha inconvenientes para a paz pública; mas era conservado pela grande energia de divulgação que possuía. Por exemplo, um dos vereadores — aquele justamente que mais se opusera à criação da Casa Verde — desfrutava a reputação de perfeito educador de cobras e macacos, e aliás nunca domesticara um só desses bichos; mas tinha o cuidado de fazer trabalhar a matraca todos os meses. E dizem as crônicas que algumas pessoas afirmavam ter visto cascavéis dançando no peito do vereador; afirmação perfeitamente falsa, mas só devida à absoluta confiança no sistema. Verdade, verdade; nem todas as instituições do antigo regime mereciam o desprezo do nosso século.

— Há melhor do que anunciar a minha ideia, é praticá-la — respondeu o alienista à insinuação do boticário.

E o boticário, não divergindo sensivelmente desse modo de ver, disse-lhe que sim, que era melhor começar pela execução.

— Sempre haverá tempo de a dar à matraca — concluiu ele.

Simão Bacamarte refletiu ainda um instante, e disse:

— Supondo o espírito humano uma vasta concha, o meu fim, senhor Soares, é ver se posso extrair a pérola, que é a razão; por outros termos, demarquemos definitivamente os limites da razão e da loucura. A razão é o perfeito equilíbrio de todas as faculdades; fora daí insânia, insânia, e só insânia.

O vigário Lopes, a quem ele confiou a nova teoria, declarou lisamente que não chegava a entendê-la, que era uma obra absurda, e, se não era absurda, era de tal modo colossal que não merecia princípio de execução.

— Com a definição atual, que é a de todos os tempos — acrescentou —, a loucura e a razão estão perfeitamente delimitadas. Sabe-se onde uma acaba e onde a outra começa. Para que transpor a cerca?

Sobre o lábio fino e discreto do alienista roçou a vaga sombra de uma intenção de riso, em que o desdém vinha casado à comiseração; mas nenhuma palavra saiu de suas egrégias entranhas. A ciência contentou-se em estender a mão à teologia — com tal segurança, que a teologia não soube enfim se devia crer em si ou na outra. Itaguaí e o universo ficavam à beira de uma revolução.

V
O terror

Quatro dias depois, a população de Itaguaí ouviu consternada a notícia de que um certo Costa fora recolhido à Casa Verde.

— Impossível!
— Qual impossível! Foi recolhido hoje de manhã.
— Mas, na verdade, ele não merecia... Ainda em cima! depois de tanto que ele fez...

Costa era um dos cidadãos mais estimados de Itaguaí. Herdara quatrocentos mil cruzados em boa moeda de el-rei d. João V, dinheiro cuja renda bastava, segundo lhe declarou o tio no testamento, para viver "até o fim do mundo". Tão depressa recolheu a herança, como entrou a dividi-la em empréstimos, sem usura, mil cruzados a um, dois mil a outro, trezentos a este, oitocentos àquele, a tal ponto que, no fim de cinco anos, estava sem nada. Se a miséria viesse de chofre, o pasmo de Itaguaí seria enorme; mas veio devagar; ele foi passando da opulência à abastança, da abastança à mediania, da mediania à pobreza, da pobreza à miséria, gradualmente. Ao cabo daqueles cinco anos, pessoas que levavam o chapéu ao chão, logo que ele assomava no fim da rua, agora batiam-lhe no ombro, com intimidade, davam-lhe piparotes no nariz, diziam-lhe pulhas. E o Costa sempre lhano, risonho. Nem se lhe dava de ver que os menos corteses eram justamente os que tinham ainda a dívida em aberto; ao contrário, parece que os agasalhava com maior prazer, e mais sublime resignação. Um dia, como um desses incuráveis devedores lhe atirasse uma chalaça grossa, e ele se risse dela, observou um desafeiçoado, com certa perfídia: "Você suporta esse sujeito para ver se ele lhe paga." Costa não se deteve um minuto, foi ao devedor e perdoou-lhe a dívida. "Não admira, retorquiu o outro; o Costa abriu mão de uma estrela, que está no céu." Costa era perspicaz, entendeu que ele negava todo o merecimento ao ato, atribuindo-lhe a intenção de rejeitar o que não vinham meter-lhe na algibeira. Era também pundonoroso e inventivo; duas horas depois achou um meio de provar que lhe não cabia um tal labéu: pegou de algumas dobras, e mandou-as de empréstimo ao devedor.

"Agora espero que...", pensou ele sem concluir a frase.

Esse último rasgo do Costa persuadiu a crédulos e incrédulos; ninguém mais pôs em dúvida os sentimentos cavalheirescos daquele digno cidadão. As necessidades mais acanhadas saíram à rua, vieram bater-lhe à porta, com os seus chinelos velhos, com as suas capas remendadas. Um verme, entretanto, roía a alma do Costa: era o conceito do desafeto. Mas isso mesmo acabou; três meses depois veio este pedir-lhe uns 120 cruzados com promessa de restituir-lhos daí a dois dias; era o resíduo da grande herança, mas era também uma nobre desforra: Costa emprestou o dinheiro logo, logo, e sem juros. Infelizmente não teve tempo de ser pago; cinco meses depois era recolhido à Casa Verde.

Imagina-se a consternação de Itaguaí, quando soube do caso. Não se falou em outra coisa, dizia-se que o Costa ensandecera ao almoço, outros que de madrugada; e contavam-se os acessos, que eram furiosos, sombrios, terríveis — ou mansos, e até engraçados, conforme as versões. Muita gente correu à Casa Verde, e achou o pobre Costa, tranquilo, um pouco espantado, falando com muita clareza e perguntando por que motivo o tinham levado para ali. Alguns foram ter com o alienista. Bacamarte aprovava esses sentimentos de estima e compaixão, mas acrescentava que a ciência era a ciência, e que ele não podia deixar na rua um mentecapto. A última pessoa que intercedeu por ele (porque depois do que vou contar ninguém mais se atreveu a procurar o terrível médico) foi uma pobre senhora, prima do Costa. O alienista disse-lhe confidencialmente que esse digno homem não estava no perfeito equilíbrio das faculdades mentais, à vista do modo como dissipara os cabedais que...

— Isso, não! Isso não! — interrompeu a boa senhora com energia. — Se ele gastou tão depressa o que recebeu, a culpa não é dele.

— Não?

— Não, senhor. Eu lhe digo como o negócio se passou. O defunto meu tio não era mau homem; mas quando estava furioso era capaz de nem tirar o chapéu ao Santíssimo. Ora, um dia, pouco tempo antes de morrer, descobriu que um escravo lhe roubara um boi; imagine como ficou. A cara era um pimentão; todo ele tremia, a boca escumava; lembra-me como se fosse hoje. Então um homem feio, cabeludo, em mangas de camisa, chegou-se a ele e pediu água. Meu tio (Deus lhe fale na alma!) respondeu que fosse beber ao rio ou ao inferno. O homem olhou para ele, abriu a mão em ar de ameaça, e rogou esta praga: "Todo o seu dinheiro não há de durar mais de sete anos e um dia, tão certo como isto ser o sino-salamão!" E mostrou o sino-salamão impresso no braço. Foi isso, meu senhor; foi essa praga daquele maldito.

Bacamarte espetara na pobre senhora um par de olhos agudos como punhais. Quando ela acabou, estendeu-lhe a mão polidamente, como se o fizesse à própria esposa do vice-rei e convidou-a a ir falar ao primo. A mísera acreditou; ele levou-a à Casa Verde e encerrou-a na galeria dos alucinados.

A notícia dessa aleivosia do ilustre Bacamarte lançou o terror à alma da população. Ninguém queria acabar de crer, que, sem motivo, sem inimizade, o alienista trancasse na Casa Verde uma senhora perfeitamente ajuizada, que não tinha outro crime senão o de interceder por um infeliz. Comentava-se o caso nas esquinas, nos barbeiros; edificou--se um romance, umas finezas namoradas que o alienista outrora dirigira à prima do Costa, a indignação do Costa e o desprezo da prima. E daí a vingança. Era claro. Mas a austeridade do alienista, a vida de estudos que ele levava, pareciam desmentir uma tal hipótese. Histórias! Tudo isso era naturalmente a capa do velhaco. E um dos mais crédulos chegou a murmurar que sabia de outras coisas, não as dizia, por não ter certeza plena, mas sabia, quase que podia jurar.

— Você, que é íntimo dele, não nos podia dizer o que há, o que houve, que motivo...

Crispim Soares derretia-se todo. Esse interrogar da gente inquieta e curiosa, dos amigos atônitos, era para ele uma consagração pública. Não havia duvidar; toda a povoação sabia enfim que o privado do alienista era ele, Crispim, o boticário, o colaborador do grande homem e das grandes coisas; daí a corrida à botica. Tudo isso diziam o carão jucundo e o riso discreto do boticário, o riso e o silêncio, porque ele não respondia nada; um, dois, três monossílabos, quando muito, soltos, secos, encapados no fiel sorriso, constante e miúdo, cheio de mistérios científicos, que ele não podia, sem desdouro nem perigo, desvendar a nenhuma pessoa humana.

"Há coisa", pensavam os mais desconfiados.

Um desses limitou-se a pensá-lo, deu de ombros e foi embora. Tinha negócios pessoais. Acabava de construir uma casa suntuosa. Só a casa bastava para deter e chamar toda a gente; mas havia mais — a mobília, que ele mandara vir da Hungria e da Holanda, segundo contava, e que se podia ver do lado de fora, porque as janelas viviam abertas, e o jardim, que era uma obra-prima de arte e de gosto. Esse homem, que enriquecera no fabrico de albardas, tinha tido sempre o sonho de uma casa magnífica, jardim pomposo, mobília rara. Não deixou o negócio das albardas, mas repousava dele na contemplação da casa nova, a primeira de Itaguaí, mais grandiosa do que a Casa Verde, mais nobre do que a da Câmara. Entre a gente ilustre da povoação havia choro e ranger de dentes, quando se pensava, ou se falava, ou se louvava a casa do albardeiro — um simples albardeiro, Deus do céu!

— Lá está ele embasbacado — diziam os transeuntes, de manhã.

De manhã, com efeito, era costume do Mateus estatelar-se, no meio do jardim, com os olhos na casa, namorado, durante uma longa hora, até que vinham chamá-lo para almoçar. Os vizinhos, embora o cumprimentassem com certo respeito, riam-se por trás dele, que era um gosto. Um desses chegou a dizer que o Mateus seria muito mais econômico, e estaria riquíssimo, se fabricasse as albardas para si mesmo; epigrama ininteligível, mas que fazia rir às bandeiras despregadas.

— Agora lá está o Mateus a ser contemplado — diziam à tarde.

A razão desse outro dito era que, de tarde, quando as famílias saíam a passeio (jantavam cedo) usava o Mateus postar-se à janela, bem no centro, vistoso, sobre um fundo escuro, trajado de branco, atitude senhoril, e assim ficava duas e três horas até que anoitecia de todo. Pode crer-se que a intenção do Mateus era ser admirado e invejado, posto que ele não a confessasse a nenhuma pessoa, nem ao boticário, nem ao padre Lopes, seus grandes amigos. E entretanto não foi outra a alegação do boticário, quando o alienista lhe disse que o albardeiro talvez padecesse do amor das pedras, mania que ele Bacamarte descobrira e estudava desde algum tempo. Aquilo de contemplar a casa...

— Não, senhor — acudiu vivamente Crispim Soares.

— Não?

— Há de perdoar-me, mas talvez não saiba que ele de manhã examina a obra, não a admira; de tarde, são os outros que o admiram a ele e à obra. — E contou o uso do albardeiro, todas as tardes, desde cedo até o cair da noite.

Uma volúpia científica alumiou os olhos de Simão Bacamarte. Ou ele não conhecia todos os costumes do albardeiro, ou nada mais quis, interrogando o Crispim, do que confirmar alguma notícia incerta ou suspeita vaga. A explicação satisfê-lo; mas como tinha as alegrias próprias de um sábio, concentradas, nada viu o boticário que fizesse suspeitar uma intenção sinistra. Ao contrário, era de tarde, e o alienista pediu-lhe o braço para irem a passeio. Deus! Era a primeira vez que Simão Bacamarte dava ao seu privado tamanha honra; Crispim ficou trêmulo, atarantado, disse que sim, que estava pronto. Chegaram duas ou três pessoas de fora, Crispim mandou-as mentalmente a todos os diabos; não só atrasavam o passeio, como podia acontecer que Bacamarte elegesse alguma delas, para acompanhá-lo, e o dispensasse a ele. Que impaciência! Que aflição! Enfim, saíram. O alienista guiou para os lados da casa do albardeiro, viu-o à janela, passou cinco, seis vezes por diante, devagar, parando, examinando as atitudes, a expressão do rosto. O pobre Mateus, apenas notou que era objeto da curiosidade ou admiração do primeiro vulto de Itaguaí, redobrou de expressão, deu outro relevo às atitudes... Triste! Triste! Não fez mais do que condenar-se; no dia seguinte, foi recolhido à Casa Verde.

— A Casa Verde é um cárcere privado — disse um médico em clínica.

Nunca uma opinião pegou e grassou tão rapidamente. Cárcere privado: eis o que se repetia de norte a sul e de leste a oeste de Itaguaí — a medo, é verdade, porque durante a semana que se seguiu à captura do pobre Mateus, vinte e tantas pessoas — duas ou três de consideração — foram recolhidas à Casa Verde. O alienista dizia que só eram admitidos os casos patológicos, mas pouca gente lhe dava crédito. Sucediam-se as versões populares. Vingança, cobiça de dinheiro, castigo de Deus, monomania do próprio médico, plano secreto do Rio de Janeiro com o fim de destruir em Itaguaí qualquer germe de prosperidade que viesse a brotar, arvorecer, florir, com desdouro e míngua daquela cidade, mil outras explicações, que não explicavam nada, tal era o produto diário da imaginação pública.

Nisso chegou do Rio de Janeiro a esposa do alienista, a tia, a mulher do Crispim Soares e toda a mais comitiva — ou quase toda — que algumas semanas antes partira de Itaguaí. O alienista foi recebê-la, com o boticário, o padre Lopes, os vereadores e vários outros magistrados. O momento em que d. Evarista pôs os olhos na pessoa do marido é considerado pelos cronistas do tempo como um dos mais sublimes da história moral dos homens, e isso pelo contraste das duas naturezas, ambas extremas, ambas egrégias. D. Evarista soltou um grito, balbuciou uma palavra e atirou-se ao consorte, de um gesto que não se pode melhor definir do que comparando-o a uma mistura de onça e rola. Não assim o ilustre Bacamarte; frio como um diagnóstico, sem desengonçar por um instante a rigidez científica, estendeu os braços à dona, que caiu neles, e desmaiou. Curto incidente; ao cabo de dois minutos, d. Evarista recebia os cumprimentos dos amigos, e o préstito punha-se em marcha.

D. Evarista era a esperança de Itaguaí; contava-se com ela para minorar o flagelo da Casa Verde. Daí as aclamações públicas, a imensa gente que atulhava as ruas, as flâmulas, as flores e damascos às janelas. Com o braço apoiado no do padre Lopes — porque o eminente Bacamarte confiara a mulher ao vigário, e acompanhava-os a passo meditativo —, d. Evarista voltava a cabeça a um lado e outro, curiosa, inquieta, petulante. O vigário indagava do Rio de Janeiro, que ele não vira desde o vice-reinado anterior; e d. Evarista respondia, entusiasmada, que era a coisa mais bela que podia haver no mundo. O Passeio Público estava acabado, um paraíso, onde ela fora muitas vezes, e a rua das Belas Noites, o chafariz das Marrecas... Ah! o chafariz das Marrecas! Eram mesmo marrecas — feitas de metal e despejando água pela boca fora. Uma coisa galantíssima. O vigário dizia que sim, que o Rio de Janeiro devia estar agora muito mais bonito. Se já o era noutro tempo! Não admira, maior do que Itaguaí, e de mais a mais sede do governo... Mas não se pode dizer que Itaguaí fosse feio; tinha belas casas, a casa do Mateus, a Casa Verde...

— A propósito de Casa Verde — disse o padre Lopes escorregando habilmente para o assunto da ocasião —, a senhora vem achá-la muito cheia de gente.

— Sim?

— É verdade. Lá está o Mateus...

— O albardeiro?

— O albardeiro; está o Costa, a prima do Costa, e fulano, e sicrano, e...

— Tudo isso doido?

— Ou quase doido — obtemperou o padre.

— Mas então?

O vigário derreou os cantos da boca, à maneira de quem não sabe nada, ou não quer dizer tudo; resposta vaga, que se não pode repetir a outra pessoa, por falta de texto. D. Evarista achou realmente extraordinário que toda aquela gente ensandecesse; um ou outro, vá; mas todos? Entretanto, custava-lhe duvidar; o marido era um sábio, não recolheria ninguém à Casa Verde sem prova evidente de loucura.

— Sem dúvida... sem dúvida... — ia pontuando o vigário.

Três horas depois, cerca de cinquenta convivas sentavam-se em volta da mesa de Simão Bacamarte; era o jantar das boas-vindas. D. Evarista foi o assunto obrigado dos brindes, discursos, versos de toda a casta, metáforas, amplificações, apólogos. Ela era a esposa do novo Hipócrates, a musa da ciência, anjo, divina, aurora, caridade, vida, consolação; trazia nos olhos duas estrelas, segundo a versão modesta de Crispim Soares, e dois sóis, no conceito de um vereador. O alienista ouvia essas coisas um tanto enfastiado, mas sem visível impaciência. Quando muito dizia ao ouvido da mulher que a retórica permitia tais arrojos sem significação. D. Evarista fazia esforços para aderir a essa opinião do marido; mas, ainda descontando três quartas partes das louvaminhas, ficava muito com que enfunar-lhe a alma. Um dos oradores, por exemplo, Martim Brito, rapaz de 25 anos, pintalegrete acabado, curtido de namoros e aventuras, declamou um discurso em que o nascimento de d. Evarista era explicado pelo mais singular dos reptos. "Deus — disse ele — depois de dar ao universo o homem e a mulher, esse diamante e essa pérola da coroa divina (e o orador arrastava triunfalmente esta frase de uma ponta a outra da mesa) Deus quis vencer a Deus, e criou d. Evarista."

D. Evarista baixou os olhos com exemplar modéstia. Duas senhoras, achando a cortesanice excessiva e audaciosa, interrogaram os olhos do dono da casa; e, na verdade, o gesto do alienista pareceu-lhes nublado de suspeitas, de ameaças e, provavelmente, de sangue. O atrevimento foi grande, pensaram as duas damas. E uma e outra pediam a Deus que removesse qualquer episódio trágico — ou que o adiasse, ao menos, para o dia seguinte. Sim, que o adiasse. Uma delas, a mais piedosa, chegou a admitir, consigo mesma, que d. Evarista não merecia nenhuma desconfiança, tão longe estava de ser atraente ou bonita. Uma simples água-morna. Verdade é que, se todos os gostos fossem iguais, o que seria do amarelo? Essa ideia fê-la tremer outra vez, embora menos; menos, porque o alienista sorria agora para o Martim Brito, e, levantados todos, foi ter com ele e falou-lhe do discurso. Não lhe negou que era um improviso brilhante, cheio de rasgos magníficos. Seria dele mesmo a ideia relativa ao nascimento de d. Evarista, ou tê-la-ia encontrado em algum autor que?... Não, senhor; era dele mesmo; achou-a naquela ocasião e parecera-lhe adequada a um arroubo oratório. De resto, suas ideias eram antes arrojadas do que ternas ou jocosas. Dava para o épico. Uma vez, por exemplo, compôs uma ode à queda do marquês de Pombal, em que dizia que esse ministro era o "dragão aspérrimo do Nada", esmagado pelas "garras vingadoras do Todo"; e assim outras, mais ou menos fora do comum; gostava das ideias sublimes e raras, das imagens grandes e nobres...

"Pobre moço!", pensou o alienista. E continuou consigo: "Trata-se de um caso de lesão cerebral; fenômeno sem gravidade, mas digno de estudo..."

D. Evarista ficou estupefata quando soube, três dias depois, que o Martim Brito fora alojado na Casa Verde. Um moço que tinha ideias tão bonitas! As duas senhoras atribuíram o ato a ciúmes do alienista. Não podia ser outra coisa; realmente, a declaração do moço fora audaciosa demais.

Ciúmes? Mas como explicar que, logo em seguida, fossem recolhidos José Borges do Couto Leme, pessoa estimável, o Chico das Cambraias, folgazão emérito, o escrivão Fabrício, e ainda outros? O terror acentuou-se. Não se sabia já quem estava são, nem quem estava doido. As mulheres, quando os maridos saíam, mandavam acender uma lamparina a Nossa Senhora; e nem todos os maridos eram valorosos, alguns não andavam fora sem um ou dois capangas. Positivamente o terror. Quem podia, emigrava. Um desses fugitivos chegou a ser preso a duzentos passos da vila. Era um rapaz de trinta anos, amável, conversado, polido, tão polido que não cumprimentava alguém sem levar o chapéu ao chão; na rua, acontecia-lhe correr uma distância de dez a vinte braças para ir apertar a mão a um homem grave, a uma senhora, às vezes a um menino, como acontecera ao filho do juiz de fora. Tinha a vocação das cortesias. De resto, devia as boas relações da sociedade, não só aos dotes pessoais, que eram raros, como à nobre tenacidade com que nunca desanimava diante de uma, duas, quatro, seis recusas, caras feias etc. O que acontecia era que, uma vez entrado numa casa, não a deixava mais, nem os da casa o deixavam a ele, tão gracioso era o Gil Bernardes. Pois o Gil Bernardes, apesar de se saber estimado, teve medo quando lhe disseram um dia que o alienista o trazia de olho; na madrugada seguinte fugiu da vila, mas foi logo apanhado e conduzido à Casa Verde.

— Devemos acabar com isso!
— Não pode continuar!
— Abaixo a tirania!
— Déspota! Violento! Golias!

Não eram gritos na rua, eram suspiros em casa, mas não tardava a hora dos gritos. O terror crescia; avizinhava-se a rebelião. A ideia de uma petição ao governo para que Simão Bacamarte fosse capturado e deportado andou por algumas cabeças, antes que o barbeiro Porfírio a expendesse na loja, com grandes gestos de indignação. Note--se — e essa é uma das laudas mais puras desta sombria história —, note-se que o Porfírio, desde que a Casa Verde começava a povoar-se tão extraordinariamente, viu crescerem-lhe os lucros pela aplicação assídua de sanguessugas que dali lhe pediam; mas o interesse particular, dizia ele, deve ceder ao interesse público. E acrescentava: "É preciso derrubar o tirano!" Note-se mais que ele soltou esse grito justamente no dia em que Simão Bacamarte fizera recolher à Casa Verde um homem que trazia com ele uma demanda, o Coelho.

— Não me dirão em que é que o Coelho é doido? — bradou o Porfírio.

E ninguém lhe respondia; todos repetiam que era um homem perfeitamente ajuizado. A mesma demanda que ele trazia com o barbeiro, acerca de uns chãos da vila, era filha da obscuridade de um alvará, e não da cobiça ou ódio. Um excelente caráter o Coelho.

Os únicos desafeiçoados que tinha eram alguns sujeitos que, dizendo-se taciturnos, ou alegando andar com pressa, mal o viam de longe dobravam as esquinas, entravam nas lojas etc. Na verdade, ele amava a boa palestra, a palestra comprida, gostada a sorvos largos, e assim é que nunca estava só, preferindo os que sabiam dizer duas palavras, mas não desdenhando os outros. O padre Lopes, que cultivava o Dante e era inimigo do Coelho, nunca o via desligar-se de uma pessoa que não declamasse e emendasse este trecho:

La bocca solevò dal fero pasto
Quel *seccatore*...

mas uns sabiam do ódio do padre, e outros pensavam que isso era uma oração em latim.

VI
A rebelião

Cerca de trinta pessoas ligaram-se ao barbeiro, redigiram e levaram uma representação à Câmara. A Câmara recusou aceitá-la, declarando que a Casa Verde era uma instituição pública, e que a ciência não podia ser emendada por votação administrativa, menos ainda por movimentos de rua.

— Voltai ao trabalho — concluiu o presidente —, é o conselho que vos damos.

A irritação dos agitadores foi enorme. O barbeiro declarou que iam dali levantar a bandeira da rebelião, e destruir a Casa Verde; que Itaguaí não podia continuar a servir de cadáver aos estudos e experiências de um déspota; que muitas pessoas estimáveis, algumas distintas, outras humildes mas dignas de apreço, jaziam nos cubículos da Casa Verde; que o despotismo científico do alienista complicava-se do espírito de ganância, visto que os loucos, ou supostos tais, não eram tratados de graça: as famílias, e em falta delas a Câmara, pagavam ao alienista...

— É falso — interrompeu o presidente.

— Falso?

— Há cerca de duas semanas recebemos um ofício do ilustre médico, em que nos declara que, tratando de fazer experiências de alto valor psicológico, desiste do estipêndio votado pela Câmara, bem como nada receberá das famílias dos enfermos.

A notícia desse ato tão nobre, tão puro, suspendeu um pouco a alma dos rebeldes. Seguramente o alienista podia estar em erro, mas nenhum interesse alheio à ciência o instigava; e para demonstrar o erro era preciso alguma coisa mais do que arruaças e clamores. Isso disse o presidente, com aplauso de toda a Câmara. O barbeiro, depois de alguns instantes de concentração, declarou que estava investido de um mandato público, e não restituiria a paz a Itaguaí antes de ver por terra a Casa Verde, "essa Bastilha da razão humana", expressão que ouvira a um poeta local, e que ele repetiu com muita ênfase. Disse, e a um sinal todos saíram com ele.

Imagine-se a situação dos vereadores; urgia obstar ao ajuntamento, à rebelião, à luta, ao sangue. Para acrescentar ao mal, um dos vereadores, que apoiara o presidente, ouvindo agora a denominação dada pelo barbeiro à Casa Verde — "Bastilha da razão humana" —, achou-a tão elegante, que mudou de parecer. Disse que entendia de bom aviso decretar alguma medida que reduzisse a Casa Verde; e porque o presidente, indignado, manifestasse em termos enérgicos o seu pasmo, o vereador fez esta reflexão:

— Nada tenho que ver com a ciência; mas se tantos homens em quem supomos juízo são reclusos por dementes, quem nos afirma que o alienado não é o alienista?

Sebastião Freitas, o vereador dissidente, tinha o dom da palavra, e falou ainda por algum tempo com prudência, mas com firmeza. Os colegas estavam atônitos; o presidente pediu-lhe que, ao menos, desse o exemplo da ordem e do respeito à lei, não aventasse as suas ideias na rua, para não dar corpo e alma à rebelião, que era por ora um turbilhão de átomos dispersos. Essa figura corrigiu um pouco o efeito da outra: Sebastião Freitas prometeu suspender qualquer ação, reservando-se o direito de pedir pelos meios legais a redução da Casa Verde. E repetia consigo, namorado: — Bastilha da razão humana!

Entretanto, a arruaça crescia. Já não eram trinta, mas trezentas pessoas que acompanhavam o barbeiro, cuja alcunha familiar deve ser mencionada, porque ela deu o nome à revolta; chamavam-lhe o Canjica — e o movimento ficou célebre com o nome de revolta dos Canjicas. A ação podia ser restrita — visto que muita gente, ou por medo, ou por hábitos de educação, não descia à rua; mas o sentimento era unânime, ou quase unânime, e os trezentos que caminhavam para a Casa Verde — dada a diferença de Paris a Itaguaí — podiam ser comparados aos que tomaram a Bastilha.

D. Evarista teve notícia da rebelião antes que ela chegasse; veio dar-lha uma de suas crias. Ela provava nessa ocasião um vestido de seda — um dos 37 que trouxera do Rio de Janeiro — e não quis crer.

— Há de ser alguma patuscada — dizia ela mudando a posição de um alfinete. — Benedita, vê se a barra está boa.

— Está, sinhá — respondia a mucama de cócoras no chão —, está boa. Sinhá vira um bocadinho. Assim. Está muito boa.

— Não é patuscada, não, senhora; eles estão gritando: — Morra o doutor Bacamarte! O tirano! — dizia o moleque assustado.

— Cala a boca, tolo! Benedita, olha aí do lado esquerdo; não parece que a costura está um pouco enviesada? A risca azul não segue até abaixo; está muito feio assim; é preciso descoser para ficar igualzinho e...

— Morra o doutor Bacamarte! Morra o tirano! — uivaram fora trezentas vozes. Era a rebelião que desembocava na rua Nova.

D. Evarista ficou sem pinga de sangue. No primeiro instante não deu um passo, não fez um gesto; o terror petrificou-a. A mucama correu instintivamente para a porta do fundo. Quanto ao moleque, a quem d. Evarista não dera crédito, teve um instante de triunfo, um certo movimento súbito, imperceptível, entranhado, de satisfação moral, ao ver que a realidade vinha jurar por ele.

— Morra o alienista! — bradavam as vozes mais perto.

D. Evarista, se não resistia facilmente às comoções de prazer, sabia entestar com os momentos de perigo. Não desmaiou; correu à sala interior onde o marido estudava. Quando ela ali entrou, precipitada, o ilustre médico escrutava um texto de Averróis; os olhos dele, empanados pela cogitação, subiam do livro ao teto e baixavam do teto ao livro, cegos para a realidade exterior, videntes para os profundos trabalhos mentais. D. Evarista chamou pelo marido duas vezes, sem que ele lhe desse atenção; à terceira, ouviu e perguntou-lhe o que tinha, se estava doente.

— Você não ouve esses gritos? — perguntou a digna esposa em lágrimas.

O alienista atendeu então; os gritos aproximavam-se, terríveis, ameaçadores; ele compreendeu tudo. Levantou-se da cadeira de espaldar em que estava sentado, fechou o livro e, a passo firme e tranquilo, foi depositá-lo na estante. Como a introdução do volume desconcertasse um pouco a linha dos dois tomos contíguos, Simão Bacamarte cuidou de corrigir esse defeito mínimo e, aliás, interessante. Depois disse à mulher que se recolhesse, que não fizesse nada.

— Não, não — implorava a digna senhora —, quero morrer ao lado de você...

Simão Bacamarte teimou que não, que não era caso de morte; e ainda que o fosse, intimava-lhe em nome da vida que ficasse. A infeliz dama curvou a cabeça, obediente e chorosa.

— Abaixo a Casa Verde! — bradavam os Canjicas.

O alienista caminhou para a varanda da frente, e chegou ali no momento em que a rebelião também chegava e parava, defronte, com as suas trezentas cabeças rutilantes de civismo e sombrias de desespero. "Morra! Morra!", bradaram de todos os lados, apenas o vulto do alienista assomou na varanda. Simão Bacamarte fez um sinal pedindo para falar; os revoltosos cobriram-lhe a voz com brados de indignação. Então, o barbeiro agitando o chapéu, a fim de impor silêncio à turba, conseguiu aquietar os amigos e declarou ao alienista que podia falar, mas acrescentou que não abusasse da paciência do povo como fizera até então.

— Direi pouco, ou até não direi nada, se for preciso. Desejo saber primeiro o que pedis.

— Não pedimos nada — replicou fremente o barbeiro —; ordenamos que a Casa Verde seja demolida, ou pelo menos despojada dos infelizes que lá estão.

— Não entendo.

— Entendeis bem, tirano; queremos dar liberdade às vítimas do vosso ódio, capricho, ganância...

O alienista sorriu, mas o sorriso desse grande homem não era coisa visível aos olhos da multidão; era uma contração leve de dois ou três músculos, nada mais. Sorriu e respondeu:

— Meus senhores, a ciência é coisa séria, e merece ser tratada com seriedade. Não dou razão dos meus atos de alienista a ninguém, salvo aos mestres e a Deus. Se quereis emendar a administração da Casa Verde, estou pronto a ouvir-vos; mas se exigis que me negue a mim mesmo, não ganhareis nada. Poderia convidar alguns de vós, em comissão dos outros, a vir ver comigo os loucos reclusos; mas não o faço, porque seria dar-vos razão do meu sistema, o que não farei a leigos, nem a rebeldes.

Disse isso o alienista, e a multidão ficou atônita; era claro que não esperava tanta energia e menos ainda tamanha serenidade. Mas o assombro cresceu de ponto quando o alienista, cortejando a multidão com muita gravidade, deu-lhe as costas e retirou-se lentamente para dentro. O barbeiro tornou logo a si e, agitando o chapéu, convidou os amigos à demolição da Casa Verde; poucas vozes e frouxas lhe responderam. Foi nesse momento decisivo que o barbeiro sentiu despontar em si a ambição do governo; pareceu-lhe então que, demolindo a Casa Verde e derrocando a influência do alienista, chegaria a apoderar-se da Câmara, dominar as demais autoridades e constituir-se senhor de Itaguaí. Desde alguns anos que ele forcejava por ver o seu nome incluído nos pelouros para o sorteio dos vereadores, mas era recusado por não ter uma posição compatível com tão grande cargo. A ocasião era agora ou nunca. Demais fora tão longe na arruaça, que a derrota seria a prisão, ou talvez a forca, ou o degredo. Infelizmente, a resposta do alienista diminuíra o furor dos sequazes. O barbeiro, logo que o percebeu, sentiu um impulso de indignação, e quis bradar-lhes: "Canalhas! Covardes!", mas conteve-se e rompeu deste modo:

— Meus amigos, lutemos até o fim! A salvação de Itaguaí está nas vossas mãos dignas e heroicas. Destruamos o cárcere de vossos filhos e pais, de vossas mães e irmãs, de vossos parentes e amigos, e de vós mesmos. Ou morrereis a pão e água, talvez a chicote, na masmorra daquele indigno.

A multidão agitou-se, murmurou, bradou, ameaçou, congregou-se toda em derredor do barbeiro. Era a revolta que tornava a si da ligeira síncope e ameaçava arrasar a Casa Verde.

—Vamos! — bradou Porfírio agitando o chapéu.

—Vamos! — repetiram todos.

Deteve-os um incidente: era um corpo de dragões que, a marche-marche, entrava na rua Nova.

VII
O inesperado

Chegados os dragões em frente aos Canjicas, houve um instante de estupefação: os Canjicas não queriam crer que a força pública fosse mandada contra eles; mas o barbeiro compreendeu tudo e esperou. Os dragões pararam, o capitão intimou à multidão que se dispersasse; mas, conquanto uma parte dela estivesse inclinada a isso, a outra parte apoiou fortemente o barbeiro, cuja resposta consistiu nestes termos alevantados:

— Não nos dispersaremos. Se quereis os nossos cadáveres, podeis tomá-los; mas só os cadáveres; não levareis a nossa honra, o nosso crédito, os nossos direitos, e com eles a salvação de Itaguaí.

Nada mais imprudente do que essa resposta do barbeiro; e nada mais natural. Era a vertigem das grandes crises. Talvez fosse também um excesso de confiança na abstenção das armas por parte dos dragões; confiança que o capitão dissipou logo, mandando carregar sobre os Canjicas. O momento foi indescritível. A multidão urrou furiosa; alguns, trepando às janelas das casas, ou correndo pela rua fora, conseguiram escapar; mas a maioria ficou, bufando de cólera, indignada, animada pela exortação do barbeiro. A derrota dos Canjicas estava iminente, quando um terço dos dragões — qualquer que fosse o motivo, as crônicas não o declaram — passou subitamente para o lado da rebelião. Esse inesperado reforço deu alma aos Canjicas, ao mesmo tempo que lançou o desânimo às fileiras da legalidade. Os soldados fiéis não tiveram coragem de atacar os seus próprios camaradas e, um a um, foram passando para eles, de modo que ao cabo de alguns minutos, o aspecto das coisas era totalmente outro. O capitão estava de um lado, com alguma gente, contra uma massa compacta que o ameaçava de morte. Não teve remédio, declarou-se vencido e entregou a espada ao barbeiro.

A revolução triunfante não perdeu um só minuto; recolheu os feridos às casas próximas e guiou para a Câmara. Povo e tropa fraternizavam, davam vivas a el--rei, ao vice-rei, a Itaguaí, ao "ilustre Porfírio". Este ia na frente, empunhando tão destramente a espada, como se ela fosse apenas uma navalha um pouco mais comprida. A vitória cingia-lhe a fronte de um nimbo misterioso. A dignidade de governo começava a enrijar-lhe os quadris.

Os vereadores, às janelas, vendo a multidão e a tropa, cuidaram que a tropa capturara a multidão, e sem mais exame, entraram e votaram uma petição ao vice-rei para que mandasse dar um mês de soldo aos dragões, "cujo denodo salvou Itaguaí do abismo a que o tinha lançado uma cáfila de rebeldes". Essa frase foi proposta por Sebastião Freitas, o vereador dissidente, cuja defesa dos Canjicas tanto escandalizara os colegas. Mas bem depressa a ilusão se desfez. Os vivas ao barbeiro, os morras aos vereadores e ao alienista vieram dar-lhe notícia da triste realidade. O presidente não desanimou: "Qualquer que seja a nossa sorte", disse ele, "lembremo-nos que estamos ao serviço de sua majestade e do povo." Sebastião Freitas insinuou que melhor se poderia servir à coroa e à vila saindo pelos fundos e indo conferenciar com o juiz de fora, mas toda a Câmara rejeitou esse alvitre.

Daí a nada o barbeiro, acompanhado de alguns de seus tenentes, entrava na sala da vereança, e intimava à Câmara a sua queda. A Câmara não resistiu, entregou--se, e foi dali para a cadeia. Então os amigos do barbeiro propuseram-lhe que assumisse o governo da vila, em nome de sua majestade. Porfírio aceitou o encargo, embora não desconhecesse (acrescentou) os espinhos que trazia; disse mais que não podia dispensar o concurso dos amigos presentes; ao que eles prontamente anuíram. O barbeiro veio à janela e comunicou ao povo essas resoluções, que o povo ratificou, aclamando o barbeiro. Este tomou a denominação de "Protetor da vila em nome de sua majestade e do povo". Expediram-se logo várias ordens importantes, comunicações oficiais do novo governo, uma exposição minuciosa ao vice-rei, com muitos protestos de obediência às ordens de sua majestade; finalmente, uma proclamação ao povo, curta, mas enérgica:

Itaguaienses!

Uma Câmara corrupta e violenta conspirava contra os interesses de sua majestade e do povo. A opinião pública tinha-a condenado; um punhado de cidadãos, fortemente apoiados pelos bravos dragões de sua majestade, acaba de a dissolver ignominiosamente, e por unânime consenso da vila, foi-me confiado o mando supremo, até que sua majestade se sirva ordenar o que parecer melhor ao seu real serviço. Itaguaienses! não vos peço senão que me rodeeis de confiança, que me auxilieis em restaurar a paz e a fazenda pública, tão desbaratada pela Câmara que ora findou às vossas mãos. Contai com o meu sacrifício, e ficai certos de que a coroa será por nós.

O Protetor da vila em nome de sua majestade e do povo

Porfírio Caetano das Neves

Toda a gente advertiu no absoluto silêncio dessa proclamação acerca da Casa Verde; e, segundo uns, não podia haver mais vivo indício dos projetos tenebrosos do barbeiro. O perigo era tanto maior quanto que, no meio mesmo desses graves sucessos, o alienista metera na Casa Verde umas sete ou oito pessoas, entre elas duas senhoras, sendo um dos homens aparentado com o Protetor. Não era um repto, um ato intencional; mas todos o interpretaram dessa maneira, e a vila respirou com a esperança de que o alienista dentro de 24 horas estaria a ferros, e destruído o terrível cárcere.

O dia acabou alegremente. Enquanto o arauto da matraca ia recitando de esquina em esquina a proclamação, o povo espalhava-se nas ruas e jurava morrer em defesa do ilustre Porfírio. Poucos gritos contra a Casa Verde, prova de confiança na ação do governo. O barbeiro fez expedir um ato declarando feriado aquele dia e entabulou negociações com o vigário para a celebração de um *Te Deum*, tão conveniente era aos olhos dele a conjunção do poder temporal com o espiritual; mas o padre Lopes recusou abertamente o seu concurso.

— Em todo caso, vossa reverendíssima não se alistará entre os inimigos do governo? — disse-lhe o barbeiro dando à fisionomia um aspecto tenebroso.

Ao que o padre Lopes respondeu, sem responder:

— Como alistar-me, se o novo governo não tem inimigos?

O barbeiro sorriu; era a pura verdade. Salvo o capitão, os vereadores e os principais da vila, toda a gente o aclamava. Os mesmos principais, se o não aclamavam, não tinham saído contra ele. Nenhum dos almotacés deixou de vir receber as suas ordens. No geral, as famílias abençoavam o nome daquele que ia enfim libertar Itaguaí da Casa Verde e do terrível Simão Bacamarte.

VIII
As angústias do boticário

Vinte e quatro horas depois dos sucessos narrados no capítulo anterior, o barbeiro saiu do palácio do governo — foi a denominação dada à casa da Câmara — com dois ajudantes de ordens e dirigiu-se à residência de Simão Bacamarte. Não ignorava ele que era mais decoroso ao governo mandá-lo chamar; o receio, porém, de que o alienista não obedecesse obrigou-o a parecer tolerante e moderado.

Não descrevo o terror do boticário ao ouvir dizer que o barbeiro ia à casa do alienista. "Vai prendê-lo", pensou ele. E redobraram-lhe as angústias. Com efeito, a tortura moral do boticário naqueles dias de revolução excede a toda a descrição possível. Nunca um homem se achou em mais apertado lance: a privança do alienista chamava-o ao lado deste, a vitória do barbeiro atraía-o ao barbeiro. Já a simples notícia da sublevação tinha-lhe sacudido fortemente a alma, porque ele sabia a unanimidade do ódio ao alienista; mas a vitória final foi também o golpe final. A esposa, senhora máscula, amiga particular de d. Evarista, dizia que o lugar dele era ao lado de Simão Bacamarte; ao passo que o coração lhe bradava que não, que a causa do alienista estava perdida e que ninguém, por ato próprio, se amarra a um cadáver. Fê-lo Catão, é verdade, *sed victa Catoni*, pensava ele, relembrando algumas palestras habituais do padre Lopes; mas Catão não se atou a uma causa vencida, ele era a própria causa vencida, a causa da república; o seu ato, portanto, foi de egoísta, de um miserável egoísta; minha situação é outra. Insistindo, porém, a mulher, não achou Crispim Soares outra saída em tal crise senão adoecer; declarou-se doente e meteu-se na cama.

— Lá vai o Porfírio à casa do doutor Bacamarte — disse-lhe a mulher no dia seguinte à cabeceira da cama —; vai acompanhado de gente.

"Vai prendê-lo", pensou o boticário.

Uma ideia traz outra; o boticário imaginou que, uma vez preso o alienista, viriam também buscá-lo a ele, na qualidade de cúmplice. Essa ideia foi o melhor dos vesicatórios. Crispim Soares ergueu-se, disse que estava bom, que ia sair; e apesar de todos os esforços e protestos da consorte, vestiu-se e saiu. Os velhos cronistas são unânimes em dizer que a certeza de que o marido ia colocar-se nobremente ao lado do alienista consolou grandemente a esposa do boticário; e notam, com muita perspicácia, o imenso poder moral de uma ilusão; porquanto, o boticário caminhou resolutamente ao palácio do governo, não à casa do alienista. Ali chegando, mostrou-se admirado de não ver o barbeiro, a quem ia apresentar os seus protestos de adesão, não o tendo feito desde a véspera por enfermo. E tossia com algum custo. Os altos funcionários que lhe ouviam essa declaração, sabedores da intimidade do boticário com o alienista, compreenderam toda a importância da adesão nova e trataram Crispim Soares com apurado carinho; afirmaram-lhe que o barbeiro não tardava; sua senhoria tinha ido à Casa Verde, a negócio importante, mas não tardava. Deram-lhe cadeira, refrescos, elogios; disseram-lhe que a causa do ilustre Porfírio era a de todos os patriotas; ao que o boticário ia repetindo que sim, que nunca pensara outra coisa, que isso mesmo mandaria declarar a sua majestade.

IX
Dois lindos casos

Não se demorou o alienista em receber o barbeiro; declarou-lhe que não tinha meios de resistir e, portanto, estava prestes a obedecer. Só uma coisa pedia, é que o não constrangesse a assistir pessoalmente à destruição da Casa Verde.

— Engana-se vossa senhoria — disse o barbeiro depois de alguma pausa —, engana-se em atribuir ao governo intenções vandálicas. Com razão ou sem ela, a opinião crê que a maior parte dos doidos ali metidos estão em seu perfeito juízo, mas o governo reconhece que a questão é puramente científica, e não cogita em resolver com posturas as questões científicas. Demais, a Casa Verde é uma instituição pública; tal a aceitamos das mãos da Câmara dissolvida. Há, entretanto — por força que há de haver um alvitre intermédio que restitua o sossego ao espírito público.

O alienista mal podia dissimular o assombro; confessou que esperava outra coisa, o arrasamento do hospício, a prisão dele, o desterro, tudo, menos...

— O pasmo de vossa senhoria — atalhou gravemente o barbeiro — vem de não atender à grave responsabilidade do governo. O povo, tomado de uma cega piedade, que lhe dá em tal caso legítima indignação, pode exigir do governo certa ordem de atos; mas este, com a responsabilidade que lhe incumbe, não os deve praticar, ao menos integralmente, e tal é a nossa situação. A generosa revolução que ontem derrubou uma Câmara vilipendiada e corrupta pediu em altos brados o arrasamento da Casa Verde; mas pode entrar no ânimo do governo eliminar a loucura? Não. E se o governo não a pode eliminar, está ao menos apto para discriminá-la, reconhecê-la? Também não; é matéria de ciência. Logo, em assunto tão melindroso, o governo não pode, não deve, não quer dispensar o concurso de vossa senhoria. O que lhe pede é que de certa maneira demos alguma satisfação ao povo. Unamo-nos, e o povo saberá obedecer. Um dos alvitres aceitáveis, se vossa senhoria não indicar outro, seria fazer retirar da Casa Verde aqueles enfermos que estiverem quase curados, e bem assim os maníacos de pouca monta etc. Desse modo, sem grande perigo, mostraremos alguma tolerância e benignidade.

— Quantos mortos e feridos houve ontem no conflito? — perguntou Simão Bacamarte, depois de uns três minutos.

O barbeiro ficou espantado da pergunta, mas respondeu logo que 11 mortos e 25 feridos.

— Onze mortos e 25 feridos! — repetiu duas ou três vezes o alienista.

E em seguida declarou que o alvitre lhe não parecia bom, mas que ele ia catar algum outro, e dentro de poucos dias lhe daria resposta. E fez-lhe várias perguntas acerca dos sucessos da véspera, ataque, defesa, adesão dos dragões, resistência da Câmara etc., ao que o barbeiro ia respondendo com grande abundância, insistindo principalmente no descrédito em que a Câmara caíra. O barbeiro confessou que o novo governo não tinha ainda por si a confiança dos principais da vila, mas o alienista podia fazer muito nesse ponto. O governo, concluiu o barbeiro, folgaria se pudesse contar, não já com a simpatia, senão com a benevolência do mais alto espírito de Itaguaí, e seguramente do reino. Mas nada disso alterava a nobre e austera fisionomia daquele grande homem, que ouvia calado, sem desvanecimento, nem modéstia, mas impassível como um deus de pedra.

— Onze mortos e 25 feridos — repetiu o alienista, depois de acompanhar o barbeiro até a porta. — Eis aí dois lindos casos de doença cerebral. Os sintomas de duplicidade e descaramento desse barbeiro são positivos. Quanto à toleima dos que o aclamaram não é preciso outra prova além dos 11 mortos e 25 feridos. Dois lindos casos!

— Viva o ilustre Porfírio! — bradaram umas trinta pessoas que aguardavam o barbeiro à porta.

O alienista espiou pela janela, e ainda ouviu esse resto de uma pequena fala do barbeiro às trinta pessoas que o aclamavam:

— ... porque eu velo, podeis estar certos disso, eu velo pela execução das vontades do povo. Confiai em mim; e tudo se fará pela melhor maneira. Só vos recomendo ordem. A ordem, meus amigos, é a base do governo...

— Viva o ilustre Porfírio! — bradaram as trinta vozes, agitando os chapéus.

— Dois lindos casos! — murmurou o alienista.

X
A restauração

Dentro de cinco dias, o alienista meteu na Casa Verde cerca de cinquenta aclamadores do novo governo. O povo indignou-se. O governo, atarantado, não sabia reagir. João Pina, outro barbeiro, dizia abertamente nas ruas que o Porfírio estava "vendido ao ouro de Simão Bacamarte", frase que congregou em torno de João Pina a gente mais resoluta da vila. Porfírio, vendo o antigo rival da navalha à testa da insurreição, compreendeu que a sua perda era irremediável, se não desse um grande golpe; expediu dois decretos, um abolindo a Casa Verde, outro desterrando o alienista. João Pina mostrou claramente, com grandes frases, que o ato de Porfírio era um simples aparato, um engodo, em que o povo não devia crer. Duas horas depois caía Porfírio ignominiosamente, e João Pina assumia a difícil tarefa do governo. Como achasse nas gavetas as minutas da proclamação, da exposição ao vice-rei e de outros atos inaugurais do governo anterior, deu-se pressa em os fazer copiar e expedir; acrescentam os cronistas, e aliás subentende-se, que ele lhes mudou os nomes, e onde o outro barbeiro falara de uma Câmara corrupta, falou este de "um intruso eivado das más doutrinas francesas, e contrário aos sacrossantos interesses de sua majestade" etc.

Nisso entrou na vila uma força mandada pelo vice-rei, e restabeleceu a ordem. O alienista exigiu desde logo a entrega do barbeiro Porfírio, e bem assim a de uns cinquenta e tantos indivíduos, que declarou mentecaptos; e não só lhe deram esses, como afiançaram entregar-lhe mais 19 sequazes do barbeiro, que convalesciam das feridas apanhadas na primeira rebelião.

Esse ponto da crise de Itaguaí marca também o grau máximo da influência de Simão Bacamarte. Tudo quanto quis, deu-se-lhe; e uma das mais vivas provas do poder do ilustre médico achamo-la na prontidão com que os vereadores, restituídos a seus lugares, consentiram em que Sebastião

Freitas também fosse recolhido ao hospício. O alienista, sabendo da extraordinária inconsistência das opiniões desse vereador, entendeu que era um caso patológico, e pediu-o. A mesma coisa aconteceu ao boticário. O alienista, desde que lhe falaram da momentânea adesão de Crispim Soares à rebelião dos Canjicas, comparou-a à aprovação que sempre recebera dele, ainda na véspera, e mandou capturá-lo. Crispim Soares não negou o fato, mas explicou-o dizendo que cedera a um movimento de terror, ao ver a rebelião triunfante, e deu como prova a ausência de nenhum outro ato seu, acrescentando que voltara logo à cama, doente. Simão Bacamarte não o contrariou; disse, porém, aos circunstantes que o terror também é pai da loucura, e que o caso de Crispim Soares lhe parecia dos mais caracterizados.

Mas a prova mais evidente da influência de Simão Bacamarte foi a docilidade com que a Câmara lhe entregou o próprio presidente. Esse digno magistrado tinha declarado em plena sessão que não se contentava, para lavá-lo da afronta dos Canjicas, com menos de trinta almudes de sangue; palavra que chegou aos ouvidos do alienista por boca do secretário da Câmara, entusiasmado de tamanha energia. Simão Bacamarte começou por meter o secretário na Casa Verde, e foi dali à Câmara, à qual declarou que o presidente estava padecendo da "demência dos touros", um gênero que ele pretendia estudar, com grande vantagem para os povos. A Câmara a princípio hesitou, mas acabou cedendo.

Daí em diante foi uma coleta desenfreada. Um homem não podia dar nascença ou curso à mais simples mentira do mundo, ainda daquelas que aproveitam ao inventor ou divulgador, que não fosse logo metido na Casa Verde. Tudo era loucura. Os cultores de enigmas, os fabricantes de charadas, de anagramas, os maldizentes, os curiosos da vida alheia, os que põem todo o seu cuidado na tafularia, um ou outro almotacé enfunado, ninguém escapava aos emissários do alienista. Ele respeitava as namoradas e não poupava as namoradeiras, dizendo que as primeiras cediam a um impulso natural, e as segundas, a um vício.

Se um homem era avaro ou pródigo ia do mesmo modo para a Casa Verde; daí a alegação de que não havia regra para a completa sanidade mental. Alguns cronistas creem que Simão Bacamarte nem sempre procedia com lisura, e citam em abono da afirmação (que não sei se pode ser aceita) o fato de ter alcançado da Câmara uma postura autorizando o uso de um anel de prata no dedo polegar da mão esquerda, a toda a pessoa que, sem outra prova documental ou tradicional, declarasse ter nas veias duas ou três onças de sangue godo. Dizem esses cronistas que o fim secreto da insinuação à Câmara foi enriquecer um ourives, amigo e compadre dele; mas, conquanto seja certo que o ourives viu prosperar o negócio depois da nova ordenação municipal, não o é menos que essa postura deu à Casa Verde uma multidão de inquilinos; pelo que, não se pode definir, sem temeridade, o verdadeiro fim do ilustre médico. Quanto à razão determinativa da captura e aposentação na Casa Verde de todos quantos usaram do anel, é um dos pontos mais obscuros da história de Itaguaí; a opinião mais verossímil é que eles foram recolhidos por andarem a gesticular, à toa, nas ruas, em casa, na igreja. Ninguém ignora que os doidos gesticulam muito. Em todo caso é uma simples conjectura; de positivo nada há.

— Onde é que esse homem vai parar? — diziam os principais da terra. — Ah! se nós tivéssemos apoiado os Canjicas...

Um dia de manhã — dia em que a Câmara devia dar um grande baile —, a vila inteira ficou abalada com a notícia de que a própria esposa do alienista fora metida na Casa Verde. Ninguém acreditou; devia ser invenção de algum gaiato. E não era: era a verdade pura. D. Evarista fora recolhida às duas horas da noite. O padre Lopes correu ao alienista e interrogou-o discretamente acerca do fato.

— Já há algum tempo que eu desconfiava — disse gravemente o marido. — A modéstia com que ela vivera em ambos os matrimônios não podia conciliar-se com o furor das sedas, veludos, rendas e pedras preciosas que manifestou, logo que voltou do Rio de Janeiro. Desde então comecei a observá-la. Suas conversas eram todas sobre esses objetos: se eu lhe falava das antigas cortes, inquiria logo da forma dos vestidos das damas; se uma senhora a visitava, na minha ausência, antes de me dizer o objeto da visita, descrevia-me o trajo, aprovando umas coisas e censurando outras. Um dia, creio que vossa reverendíssima há de lembrar-se, propôs-se a fazer anualmente um vestido para a imagem de Nossa Senhora da Matriz. Tudo isso eram sintomas graves; esta noite, porém, declarou-se a total demência. Tinha escolhido, preparado, enfeitado o vestuário que levaria ao baile da Câmara municipal; só hesitava entre um colar de granada e outro de safira. Anteontem perguntou-me qual deles levaria; respondi-lhe que um ou outro lhe ficava bem. Ontem repetiu a pergunta, ao almoço; pouco depois de jantar fui achá-la calada e pensativa. "Que tem?", perguntei-lhe. "Queria levar o colar de granada, mas acho o de safira tão bonito!" "Pois leve o de safira." "Ah! mas onde fica o de granada?" Enfim, passou a tarde sem novidade. Ceamos, e deitamo-nos. Alta noite, seria hora e meia, acordo e não a vejo; levanto-me, vou ao quarto de vestir, acho-a diante dos dois colares, ensaiando-os ao espelho, ora um, ora outro. Era evidente a demência; recolhi-a logo.

O padre Lopes não se satisfez com a resposta, mas não objetou nada. O alienista, porém, percebeu e explicou-lhe que o caso de d. Evarista era de "mania suntuária", não incurável, e em todo caso digno de estudo.

— Conto pô-la boa dentro de seis semanas — concluiu ele.

A abnegação do ilustre médico deu-lhe grande realce. Conjecturas, invenções, desconfianças, tudo caiu por terra, desde que ele não duvidou recolher à Casa Verde a própria mulher, a quem amava com todas as forças da alma. Ninguém mais tinha o direito de resistir-lhe — menos ainda o de atribuir-lhe intuitos alheios à ciência.

Era um grande homem austero, Hipócrates forrado de Catão.

XI
O assombro de Itaguaí

E agora prepare-se o leitor para o mesmo assombro em que ficou a vila, ao saber um dia que os loucos da Casa Verde iam todos ser postos na rua.
— Todos?
— Todos.
— É impossível; alguns, sim, mas todos...
— Todos. Assim o disse ele no ofício que mandou hoje de manhã à Câmara.

De fato, o alienista oficiara à Câmara expondo: 1º, que verificara das estatísticas da vila e da Casa Verde, que quatro quintos da população estavam aposentados naquele estabelecimento; 2º, que essa deslocação de população levara-o a examinar os fundamentos da sua teoria das moléstias cerebrais, teoria que excluía do domínio da razão todos os casos em que o equilíbrio das faculdades não fosse perfeito e absoluto; 3º, que desse exame e do fato estatístico resultara para ele a convicção de que a verdadeira doutrina não era aquela, mas a oposta, e portanto que se devia admitir como normal e exemplar o desequilíbrio das faculdades, e como hipóteses patológicas todos os casos em que aquele equilíbrio fosse ininterrupto; 4º, que à vista disso declarava à Câmara que ia dar liberdade aos reclusos da Casa Verde e agasalhar nela as pessoas que se achassem nas condições agora expostas; 5º, que tratando de descobrir a verdade científica, não se pouparia a esforços de toda a natureza, esperando da Câmara igual dedicação; 6º, que restituía à Câmara e aos particulares a soma do estipêndio recebido para alojamento dos supostos loucos, descontada a parte efetivamente gasta com a alimentação, roupa etc.; o que a Câmara mandaria verificar nos livros e arcas da Casa Verde.

O assombro de Itaguaí foi grande; não foi menor a alegria dos parentes e amigos dos reclusos. Jantares, danças, luminárias, músicas, tudo houve para celebrar tão fausto acontecimento. Não descrevo as festas por não interessarem ao nosso propósito; mas foram esplêndidas, tocantes e prolongadas.

E vão assim as coisas humanas! No meio do regozijo produzido pelo ofício de Simão Bacamarte, ninguém advertia na frase final do § 4º uma frase cheia de experiências futuras.

XII
O final do § 4º

Apagaram-se as luminárias, reconstituíram-se as famílias, tudo parecia reposto nos antigos eixos. Reinava a ordem, a Câmara exercia outra vez o governo, sem nenhuma pressão externa; o próprio presidente e o vereador Freitas tornaram aos seus lugares. O barbeiro Porfírio, ensinado pelos acontecimentos, tendo "provado tudo", como o poeta disse de Napoleão, e mais alguma coisa, porque Napoleão não provou a Casa Verde, o barbeiro achou preferível a glória obscura da navalha e da tesoura às calamidades brilhantes do poder; foi, é certo, processado; mas a população da vila implorou a clemência de sua majestade; daí o perdão. João Pina foi absolvido, atendendo-se a que ele derrocara um rebelde. Os cronistas pensam que desse fato é que nasceu o nosso adágio: "ladrão que furta ladrão tem cem anos de erdão", adágio imoral, é verdade, mas grandemente útil.

Não só findaram as queixas contra o alienista, mas até nenhum ressentimento ficou dos atos que ele praticara; acrescendo que os reclusos da Casa Verde, desde que ele os declarara plenamente ajuizados, sentiram-se tomados de profundo reconhecimento e férvido entusiasmo. Muitos entenderam que o alienista merecia uma especial manifestação, e deram-lhe um baile, ao qual se seguiram outros bailes e jantares. Dizem as crônicas que d. Evarista a princípio tivera a ideia de separar-se do consorte, mas a dor de perder a companhia de tão grande homem venceu qualquer ressentimento de amor-próprio, e o casal veio a ser ainda mais feliz do que antes.

Não menos íntima ficou a amizade do alienista e do boticário. Este concluiu do ofício de Simão Bacamarte que a prudência é a primeira das virtudes em tempos de revolução, e apreciou muito a magnanimidade do alienista que, ao dar-lhe a liberdade, estendeu-lhe a mão de amigo velho.

— É um grande homem — disse ele à mulher, referindo aquela circunstância.

Não é preciso falar do albardeiro, do Costa, do Coelho, do Martim Brito e outros, especialmente nomeados neste escrito; basta dizer que puderam exercer livremente os seus hábitos anteriores. O próprio Martim Brito, recluso por um discurso em que louvara enfaticamente d. Evarista, fez agora outro em honra do insigne médico, "cujo altíssimo gênio, elevando as asas muito acima do sol, deixou abaixo de si todos os demais espíritos da terra".

— Agradeço as suas palavras — retorquiu-lhe o alienista —, e ainda me não arrependo de o haver restituído à liberdade.

Entretanto, a Câmara, que respondera ao ofício de Simão Bacamarte, com a ressalva de que oportunamente estatuiria em relação ao final do § 4°, tratou enfim de legislar sobre ele. Foi adotada, sem debate, uma postura autorizando o alienista a agasalhar na Casa Verde as pessoas que se achassem no gozo do perfeito equilíbrio das faculdades mentais. E porque a experiência da Câmara tivesse sido dolorosa, estabeleceu ela a cláusula de que a autorização era provisória, limitada a um ano, para o fim de ser experimentada a nova teoria psicológica, podendo a Câmara, antes mesmo daquele prazo, mandar fechar a Casa Verde, se a isso fosse aconselhada por motivos de ordem pública. O vereador Freitas propôs também a declaração de que em nenhum caso fossem os vereadores recolhidos ao asilo dos alienados: cláusula que foi aceita, votada e incluída na postura, apesar das reclamações do vereador Galvão. O argumento principal deste magistrado é que a Câmara, legislando sobre uma experiência científica, não podia excluir as pessoas dos seus membros das consequências da lei; a exceção era odiosa e ridícula. Mal proferira essas duras palavras, romperam os vereadores em altos brados contra a audácia e insensatez do colega; este, porém, ouviu-os e limitou-se a dizer que votava contra a exceção.

— A vereança — concluiu ele — não nos dá nenhum poder especial nem nos elimina do espírito humano.

Simão Bacamarte aceitou a postura com todas as restrições. Quanto à exclusão dos vereadores, declarou que teria profundo sentimento se fosse compelido a recolhê-los à Casa Verde; a cláusula, porém, era a melhor prova de que eles não padeciam do perfeito equilíbrio das faculdades mentais. Não acontecia o mesmo ao vereador Galvão, cujo acerto na objeção feita e cuja moderação na resposta dada às invectivas dos colegas mostravam da parte dele um cérebro bem-organizado; pelo que rogava à Câmara que lho entregasse. A Câmara, sentindo-se ainda agravada pelo proceder do vereador Galvão, estimou o pedido do alienista, e votou unanimemente a entrega.

Compreende-se que, pela teoria nova, não bastava um fato ou um dito, para recolher alguém à Casa Verde; era preciso um longo exame, um vasto inquérito do passado e do presente. O padre Lopes, por exemplo, só foi capturado trinta dias depois da postura, a mulher do boticário, quarenta dias. A reclusão dessa senhora encheu o consorte de indignação. Crispim Soares saiu de casa espumando de cólera, e declarando às pessoas a quem encontrava que ia arrancar as orelhas ao tirano. Um sujeito, adversário do alienista, ouvindo na rua essa notícia, esqueceu os motivos de dissidência e correu à casa de Simão Bacamarte a participar-lhe o perigo que corria. Simão Bacamarte mostrou-se grato ao procedimento do adversário, e poucos minutos lhe bastaram para conhecer a retidão dos seus sentimentos, a boa-fé, o respeito humano, a generosidade; apertou-lhe muito as mãos e recolheu-o à Casa Verde.

— Um caso desses é raro — disse ele à mulher pasmada.
— Agora esperemos o nosso Crispim.

Crispim Soares entrou. A dor vencera a raiva, o boticário não arrancou as orelhas ao alienista. Este consolou o seu privado, assegurando-lhe que não era caso perdido; talvez a mulher tivesse alguma lesão cerebral; ia examiná-la com muita atenção; mas antes disso não podia deixá-la na rua. E, parecendo-lhe vantajoso reuni-los, porque a astúcia e velhacaria do marido poderiam de certo modo curar a beleza moral que ele descobrira na esposa, disse Simão Bacamarte:

— O senhor trabalhará durante o dia na botica, mas almoçará e jantará com sua mulher, e cá passará as noites, e os domingos e dias santos.

A proposta colocou o pobre boticário na situação do asno de Buridan. Queria viver com a mulher, mas temia voltar à Casa Verde; e nessa luta esteve algum tempo, até que d. Evarista o tirou da dificuldade, prometendo que se incumbiria de ver a amiga e transmitir os recados de um para outro. Crispim Soares beijou-lhe as mãos agradecido. Esse último rasgo de egoísmo pusilânime pareceu sublime ao alienista.

Ao cabo de cinco meses estavam alojadas umas 18 pessoas; mas Simão Bacamarte não afrouxava; ia de rua em rua, de casa em casa, espreitando, interrogando, estudando; e quando colhia um enfermo, levava-o com a mesma alegria com que outrora os arrebanhava às dúzias. Essa mesma desproporção confirmava a teoria nova; achara-se enfim a verdadeira patologia cerebral. Um dia, conseguiu meter na Casa Verde o juiz de fora; mas procedia com tanto escrúpulo, que o não fez senão depois de estudar minuciosamente todos os seus atos, e interrogar os principais da vila. Mais de uma vez esteve prestes a recolher pessoas perfeitamente desequilibradas; foi o que se deu com um advogado, em quem reconheceu um tal conjunto de qualidades morais e mentais, que era perigoso deixá-lo na rua. Mandou prendê-lo; mas o agente, desconfiado, pediu-lhe para fazer uma experiência; foi ter com um compadre, demandado por um testamento falso, e deu-lhe de conselho que tomasse por advogado o Salustiano; era o nome da pessoa em questão.

— Então, parece-lhe...?
— Sem dúvida: vá, confesse tudo, a verdade inteira, seja qual for, e confie-lhe a causa.

O homem foi ter com o advogado, confessou ter falsificado o testamento e acabou pedindo que lhe tomasse a causa. Não se negou o advogado, estudou os papéis, arrazoou longamente e provou a todas as luzes que o testamento era mais que verdadeiro. A inocência do réu foi solenemente proclamada pelo juiz, e a herança passou-lhe às mãos. O distinto jurisconsulto deveu a essa experiência a liberdade. Mas nada escapa a um espírito original e penetrante. Simão Bacamarte, que desde algum tempo notava o zelo, a sagacidade, a paciência, a moderação daquele agente, reconheceu a habilidade e o tino com que ele levara a cabo uma experiência tão melindrosa e complicada, e determinou recolhê-lo imediatamente à Casa Verde; deu-lhe, todavia, um dos melhores cubículos.

Os alienados foram alojados por classes. Fez-se uma galeria de modestos, isto é, dos loucos em quem predominava essa perfeição moral; outra de tolerantes, outra de verídicos, outra de símplices, outra de leais, outra de magnânimos, outra de sagazes, outra de sinceros etc. Naturalmente, as famílias e os amigos dos reclusos bradavam contra a teoria; e alguns tentaram compelir a Câmara a cassar a licença. A Câmara, porém, não esquecera a linguagem do vereador Galvão, e se cassasse a licença, vê-lo-ia na rua, e restituído ao lugar; pelo que, recusou. Simão Bacamarte oficiou aos vereadores, não agradecendo, mas felicitando-os por esse ato de vingança pessoal.

Desenganados da legalidade, alguns principais da vila recorreram secretamente ao barbeiro Porfirio e afiançaram-lhe todo o apoio de gente, dinheiro e influência na corte, se ele se pusesse à testa de outro movimento contra a Câmara e o alienista. O barbeiro respondeu-lhes que não; que a ambição o levara da primeira vez a transgredir as leis, mas que ele se emendara, reconhecendo o erro próprio e a pouca consistência da opinião dos seus mesmos sequazes; que a Câmara entendera autorizar a nova experiência do alienista, por um ano: cumpria, ou esperar o fim do prazo, ou requerer ao vice-rei, caso a mesma Câmara rejeitasse o pedido. Jamais aconselharia o emprego de um recurso que ele viu falhar em suas mãos, e isso a troco de mortes e ferimentos que seriam o seu eterno remorso.

— O que é que me está dizendo? — perguntou o alienista quando um agente secreto lhe contou a conversação do barbeiro com os principais da vila.

Dois dias depois o barbeiro era recolhido à Casa Verde.

— Preso por ter cão, preso por não ter cão! — exclamou o infeliz.

Chegou o fim do prazo, a Câmara autorizou um prazo suplementar de seis meses para ensaio dos meios terapêuticos. O desfecho desse episódio da crônica itaguaiense é de tal ordem, e tão inesperado, que merecia nada menos de dez capítulos de exposição; mas me contento com um, que será o remate da narrativa, e um dos mais belos exemplos de convicção científica e abnegação humana.

XIII
Plus ultra!

Era a vez da terapêutica. Simão Bacamarte, ativo e sagaz em descobrir enfermos, excedeu-se ainda na diligência e penetração com que principiou a tratá-los. Neste ponto todos os cronistas estão de pleno acordo: o ilustre alienista fez curas pasmosas, que excitaram a mais viva admiração em Itaguaí.

Com efeito, era difícil imaginar mais racional sistema terapêutico. Estando os loucos divididos por classes, segundo a perfeição moral que em cada um deles excedia às outras, Simão Bacamarte cuidou em atacar de frente a qualidade predominante. Suponhamos um modesto. Ele aplicava a medicação que pudesse incutir-lhe o sentimento oposto; e não ia logo às doses máximas — graduava-as, conforme o estado, a idade, o temperamento, a posição social do enfermo. Às vezes bastava uma casaca, uma fita, uma cabeleira, uma bengala, para restituir a razão ao alienado; em outros casos a moléstia era mais rebelde; recorria então aos anéis de brilhantes, às distinções honoríficas etc. Houve um doente, poeta, que resistiu a tudo. Simão Bacamarte começava a desesperar da cura, quando teve ideia de mandar correr matraca, para o fim de o apregoar como um rival de Garção e de Píndaro.

— Foi um santo remédio — contava a mãe do infeliz a uma comadre —; foi um santo remédio.

Outro doente, também modesto, opôs a mesma rebeldia à medicação; mas não sendo escritor (mal sabia assinar o nome), não se lhe podia aplicar o remédio da matraca. Simão Bacamarte lembrou-se de pedir para ele o lugar de secretário da Academia dos Encobertos estabelecida em Itaguaí. Os lugares de presidente e secretários eram de nomeação régia, por especial graça do finado el-rei d. João V, e implicavam o tratamento de Excelência e o uso de uma placa de ouro no chapéu. O governo de Lisboa recusou o diploma; mas representando o alienista que o não pedia como prêmio honorífico ou distinção legítima, e somente como um meio terapêutico para um caso difícil, o governo cedeu excepcionalmente à súplica; e ainda assim não o fez sem extraordinário esforço do ministro de marinha e ultramar, que vinha a ser primo do alienado. Foi outro santo remédio.

— Realmente, é admirável! — dizia-se nas ruas, ao ver a expressão sadia e enfunada dos dois ex-dementes.

Tal era o sistema. Imagina-se o resto. Cada beleza moral ou mental era atacada no ponto em que a perfeição parecia mais sólida; e o efeito era certo. Nem sempre era certo. Casos houve em que a qualidade predominante resistia a tudo; então, o alienista atacava outra parte, aplicando à terapêutica o método da estratégia militar, que toma uma fortaleza por um ponto, se por outro o não pode conseguir.

No fim de cinco meses e meio estava vazia a Casa Verde; todos curados! O vereador Galvão tão cruelmente afligido de moderação e equidade, teve a felicidade de perder um tio; digo felicidade, porque o tio deixou um testamento ambíguo, e ele obteve uma boa interpretação, corrompendo os juízes e embaçando os outros herdeiros. A sinceridade do alienista manifestou-se nesse lance; confessou ingenuamente que não teve parte na cura: foi a simples *vis medicatrix* da natureza. Não aconteceu o mesmo com o padre Lopes. Sabendo o alienista que ele ignorava perfeitamente o hebraico e o grego, incumbiu-o de fazer uma análise crítica da versão dos Setenta; o padre aceitou a incumbência, e em boa hora o fez; ao cabo de dois meses possuía um livro e a liberdade. Quanto à senhora do boticário, não ficou muito tempo na célula que lhe coube, e onde aliás lhe não faltaram carinhos.

— Por que é que o Crispim não vem visitar-me? — dizia ela todos os dias.

Respondiam-lhe ora uma coisa, ora outra; afinal disseram-lhe a verdade inteira. A digna matrona não pôde conter a indignação e a vergonha. Nas explosões da cólera escaparam-lhe expressões soltas e vagas, como estas:

—Tratante!... velhaco!... ingrato!... Um patife que tem feito casas à custa de unguentos falsificados e podres... Ah! tratante!...

Simão Bacamarte advertiu que, ainda quando não fosse verdadeira a acusação contida nessas palavras, bastavam elas para mostrar que a excelente senhora estava enfim restituída ao perfeito desequilíbrio das faculdades; e prontamente lhe deu alta.

Agora, se imaginais que o alienista ficou radiante ao ver sair o último hóspede da Casa Verde, mostrais com isso que ainda não conheceis o nosso homem. *Plus ultra!* era a sua divisa. Não lhe bastava ter descoberto a teoria verdadeira da loucura; não o contentava ter estabelecido em Itaguaí o reinado da razão. *Plus ultra!* Não ficou alegre, ficou preocupado, cogitativo; alguma coisa lhe dizia que a teoria nova tinha, em si mesma, outra e novíssima teoria.

—Vejamos — pensava ele —, vejamos se chego enfim à última verdade.

Dizia isso, passeando ao longo da vasta sala, onde fulgurava a mais rica biblioteca dos domínios ultramarinos de sua majestade. Um amplo chambre de damasco preso à cintura por um cordão de seda, com borlas de ouro (presente de uma universidade), envolvia o corpo majestoso e austero do ilustre alienista. A cabeleira cobria-lhe uma extensa e nobre calva adquirida nas cogitações quotidianas da ciência. Os pés, não delgados e femininos, não graúdos e mariolas, mas proporcionados ao vulto, eram resguardados por um par de sapatos cujas fivelas não passavam de simples e modesto latão. Vede a diferença: só se lhe notava luxo naquilo que era de origem científica; o que propriamente vinha dele trazia a cor da moderação e da singeleza, virtudes tão ajustadas à pessoa de um sábio.

Era assim que ele ia, o grande alienista, de um cabo a outro da vasta biblioteca, metido em si mesmo, estranho a todas as coisas que não fosse o tenebroso problema da patologia cerebral. Súbito, parou. Em pé, diante de uma janela, com o cotovelo esquerdo apoiado na mão direita, aberta, e o queixo na mão esquerda, fechada, perguntou ele a si:

— Mas deveras estariam eles doidos, e foram curados por mim, ou o que pareceu cura não foi mais do que a descoberta do perfeito desequilíbrio do cérebro?

E cavando por aí abaixo, eis o resultado a que chegou: os cérebros bem organizados que ele acabava de curar eram tão desequilibrados como os outros. Sim, dizia ele consigo, eu não posso ter a pretensão de haver-lhes incutido um sentimento ou uma faculdade nova; uma e outra coisa existiam no estado latente, mas existiam.

Chegado a essa conclusão, o ilustre alienista teve duas sensações contrárias, uma de gozo, outra de abatimento. A de gozo foi por ver que, ao cabo de longas e pacientes investigações, constantes trabalhos, luta ingente com o povo, podia afirmar esta verdade: não havia loucos em Itaguaí; Itaguaí não possuía um só mentecapto. Mas tão depressa essa ideia lhe refrescara a alma, outra apareceu que neutralizou o primeiro efeito; foi a ideia da dúvida. Pois quê! Itaguaí não possuiria um único cérebro concertado? Essa conclusão tão absoluta não seria por isso mesmo errônea, e não vinha, portanto, destruir o largo e majestoso edifício da nova doutrina psicológica?

A aflição do egrégio Simão Bacamarte é definida pelos cronistas itaguaienses como uma das mais medonhas tempestades morais que tem desabado sobre o homem. Mas as tempestades só aterram os fracos; os fortes enrijam-se contra elas e fitam o trovão. Vinte minutos depois alumiou-se a fisionomia do alienista de uma suave claridade.

"Sim, há de ser isso", pensou ele.

Isso é isto. Simão Bacamarte achou em si os característicos do perfeito equilíbrio mental e moral; pareceu-lhe que possuía a sagacidade, a paciência, a perseverança, a tolerância, a veracidade, o vigor moral, a lealdade, todas as qualidades enfim que podem formar um acabado mentecapto. Duvidou logo, é certo, e chegou mesmo a concluir que era ilusão; mas sendo homem prudente, resolveu convocar um conselho de amigos, a quem interrogou com franqueza. A opinião foi afirmativa.

— Nenhum defeito?
— Nenhum — disse em coro a assembleia.
— Nenhum vício?
— Nada.
— Tudo perfeito?
— Tudo.
— Não, impossível — bradou o alienista. — Digo que não sinto em mim essa superioridade que acabo de ver definir com tanta magnificência. A simpatia é que vos faz falar. Estudo-me e nada acho que justifique os excessos da vossa bondade.

A assembleia insistiu; o alienista resistiu; finalmente o padre Lopes explicou tudo com este conceito digno de um observador:

— Sabe a razão por que não vê as suas elevadas qualidades, que aliás todos nós admiramos? É porque tem ainda uma qualidade que realça as outras: a modéstia.

Era decisivo. Simão Bacamarte curvou a cabeça, juntamente alegre e triste, e ainda mais alegre do que triste. Ato contínuo, recolheu-se à Casa Verde. Em vão a mulher e os amigos lhe disseram que ficasse, que estava perfeitamente são e equilibrado: nem rogos nem sugestões nem lágrimas o detiveram um só instante.

— A questão é científica — dizia ele —; trata-se de um doutrina nova, cujo primeiro exemplo sou eu. Reúno em mim mesmo a teoria e a prática.

— Simão! Simão! Meu amor! — dizia-lhe a esposa com o rosto lavado em lágrimas.

Mas o ilustre médico, com os olhos acesos da convicção científica, trancou os ouvidos à saudade da mulher, e brandamente a repeliu. Fechada a porta da Casa Verde, entregou-se ao estudo e à cura de si mesmo. Dizem os cronistas que ele morreu dali a 17 meses, no mesmo estado em que entrou, sem ter podido alcançar nada. Alguns chegam ao ponto de conjecturar que nunca houve outro louco, além dele, em Itaguaí; mas essa opinião, fundada em um boato que correu desde que o alienista expirou, não tem outra prova, senão o boato; e boato duvidoso, pois é atribuído ao padre Lopes, que com tanto fogo realçara as qualidades do grande homem. Seja como for, efetuou-se o enterro com muita pompa e rara solenidade.

A Estação, outubro de 1881 a março de 1882.

Nota

[1]. "O Alienista" foi publicado originalmente no periódico *A Estação* (1881-1882). No ano de 1882, Machado de Assis reuniu no título *Papéis avulsos* 12 narrativas, sendo "O Alienista" a primeira dessas histórias. Ao fim do volume de *Papéis*, o autor faz algumas notas. Reproduzimos, então, a nota referente a "O Alienista". (N. E.)

Não ousava fazer-lhe nenhuma queixa ou reproche...

Cerca de dois anos para cá, recebi duas cartas anônimas, escritas por pessoa inteligente e simpática, em que me foi notado o uso do vocábulo *reproche*. Não sabendo como responda ao meu estimável correspondente, aproveito esta ocasião.

Reproche não é galicismo. Nem reproche nem *reprochar*. Morais cita, para o verbo, este trecho dos *Ined. II*, fl. 259: "hum non tinha que *reprochar* ao outro"; e aponta os lugares de Fernando de Lucena, Nunes de Leão e d. Francisco Manuel de Melo, em que se encontra o substantivo *reproche*. Os espanhóis também os possuem.

Resta a questão de eufonia. *Reproche* não parece mal soante. Tem contra si o desuso. Em todo caso, o vocábulo que lhe está mais próximo no sentido, *exprobração*, acho que é insuportável. Daí a minha insistência em preferir o outro, devendo notar-se que não o vou buscar para dar ao estilo um verniz de estranheza, mas quando a ideia o traz consigo.

Sobre o autor

Mestiço de origem humilde que frequentou apenas a escola primária e foi obrigado a trabalhar desde a infância, Machado de Assis (1839-1908) obteve a consideração social numa época em que o Brasil era ainda uma monarquia escravocrata. Autodidata que se formou na biblioteca do Gabinete Português de Leitura, sendo aprendiz de tipógrafo e, depois, revisor, aprendeu tudo sozinho. Precoce — a sua primeira poesia data dos 16 anos —, triunfou cedo e viu-se consagrado como poeta aos 25 anos com o livro *Crisálidas*.

Mas o valor do contista e do romancista é tão excepcional que o brilho da sua estrela poética nos parece pálido. É considerado o maior escritor brasileiro de todos os tempos, o mais extraordinário contista do idioma e um dos raros romancistas de interesse universal, como o atestam as traduções das suas obras mais representativas para os principais idiomas cultos, sem que haja influído nessa preferência a atualidade dos seus livros, mas sim a perenidade da sua quase ferina análise da alma humana. As *Memórias póstumas* (1881) e o *Dom Casmurro* (1900), principalmente, mas também *Quincas Borba* (1891), *Esaú e Jacó* (1904), *Memorial de Aires* (1908) e muitos dos seus contos, incluídos em *Papéis avulsos* (1882), *Histórias sem data* (1884), *Várias histórias* (1896) e *Páginas recolhidas* (1899), dão-lhe o direito de ocupar a posição-cume da literatura brasileira, pela originalidade da concepção, pela agudeza dos conceitos, pela penetrante análise dos sentimentos e pela perfeição do estilo sóbrio e conciso.

Conheça os títulos da
Coleção Clássicos para Todos

A Abadia de Northanger – Jane Austen
A arte da guerra – Sun Tzu
A revolução dos bichos – George Orwell
Alexandre e César – Plutarco
Antologia poética – Fernando Pessoa
Apologia de Sócrates – Platão
As ondas – Virginia Woolf
Auto da Compadecida – Ariano Suassuna
Como manter a calma – Sêneca
Do contrato social – Jean-Jacques Rousseau
Dom Casmurro – Machado de Assis
Feliz Ano Novo – Rubem Fonseca
Frankenstein ou o Prometeu moderno – Mary Shelley
Hamlet – William Shakespeare
Manifesto do Partido Comunista – Karl Marx e Friedrich Engels
Memórias de um sargento de milícias – Manuel Antônio de Almeida
Notas do subsolo & O grande inquisidor – Fiódor Dostoiévski
O albatroz azul – João Ubaldo Ribeiro
O Alienista – Machado de Assis
O anticristo – Friedrich Nietzsche
O Bem-Amado – Dias Gomes
O livro de cinco anéis – Miyamoto Musashi
O pagador de promessas – Dias Gomes
O Pequeno Príncipe – Antoine de Saint-Exupéry
O príncipe – Nicolau Maquiavel
Poemas escolhidos – Ferreira Gullar
Rei Édipo & Antígona – Sófocles
Romeu e Julieta – William Shakespeare
Sonetos – Camões
Sonho de uma noite de verão – William Shakespeare
Triste fim de Policarpo Quaresma – Lima Barreto
Um teto todo seu – Virginia Woolf
Vestido de noiva – Nelson Rodrigues

DIREÇÃO EDITORIAL
Daniele Cajueiro

EDITORA RESPONSÁVEL
Janaína Senna

PRODUÇÃO EDITORIAL
Adriana Torres
Laiane Flores
Daniel Dargains

REVISÃO
Alvanisio Damasceno
Débora Castro

CAPA
Sérgio Campante

DIAGRAMAÇÃO
Alfredo Loureiro

Este livro foi impresso em 2023, pela RJoffset,
para a Nova Fronteira.